Andre Hofmann
Erschütterung - Beben am Abgrund

AF282387

AndreHofmann

Erschütterung

Beben am Abgrund

Bibliografische Information der Deutschen Nationalbibliothek: Die Deutsche Nationalbibliothek verzeichnet diese Publikation in der Deutschen Nationalbibliografie; detaillierte bibliografische Daten sind im Internet über dnb.dnb.de abrufbar.

© 2024, 2025 Andre Hofmann
Cover: Morice Adam, Olena Kamenetska
Lektorat: Thea Frese
Layout: Nikola Leinweber

Verlag:

BoD · Books on Demand GmbH, Überseering 33, 22297 Hamburg, bod@bod.de

Druck:

Libri Plureos GmbH, Friedensallee 273, 22763 Hamburg

ISBN: 978-3-7597-2212-6

Inhalt

Vorwort

In diesem Band möchte ich euch nicht mit einer Belehrung und Anleitung willkommen heißen, sondern lediglich ein paar wenige Worte der Warnung aussprechen:

Gebt auf euch Acht, dass ihr euch nicht verschlingen lasst. Ich hoffe, dass ihr die Schönheit in diesen Geschichten erkennen könnt. Ich habe Angst, dass einige der Gedanken zu weit in die Tiefen des Abgrunds führen.

Die Schönheit

der Dämonen

I

Woher stammt sie, deine sanfte süße Stimme? Du bist so verführerisch, dass ich dir sofort nachzugeben bereit wäre, wüsste ich nur, wo du bist. Wenn ich dich höre, dann schlägt mein Herz schneller, und ich habe dieses kribbelnde Gefühl in der Magengegend. Dieses Pochen, das gar nicht mehr aufzuhören bereit ist. Ich bin fasziniert und will dich. Sofort wäre ich bereit, alles hinter mir zu lassen und mit dir einen neuen Anfang zu wagen. Doch leider kann ich nicht ausmachen, woher du kommst. Du bist in meinen Ohren und doch so weit entfernt.

Ich blicke hoch zum vollen Mond und frage mich, ob du dich vielleicht an diesem fernen Ort verbergen magst. Ich sehe hinab auf die matt durch die Sterne erleuchtete Welt und frage mich, ob du dich dort versteckst. Aber ich kann dich nicht sehen. Mein Verstand, der ansonsten dazu in der Lage ist, alles zu durchdringen, ist benebelt und blockiert. Du erlaubst es mir nicht, näher an dich heranzutreten. Obwohl du mich so einladend zu rufen scheinst.

Vielleicht sollte ich endlich meine Flügel gebrauchen und nach dir suchen. Ich könnte hinabsteigen in die dunkle Welt oder mich in Richtung des Mondes erheben. Doch habe ich mir geschworen, diese Geschenke nicht mehr zu benutzen. Sie stehen für all das, was ich an den meinen verachte. Diese Hybris, die uns tatsächlich glauben lässt, wir wären gottgleich. Doch was tun wir schon, um diesem Anspruch gerecht zu werden? Ist es etwa schon genug, uns von denjenigen verehren zu lassen, die keine Geschenke wie wir

mit ihrer Geburt erhalten haben? Ist es dieses Hinabblicken, das uns zu etwas Besserem werden lässt? Dass
ich nicht lache...

Ich sagte, ich verachte die meinen, aber eigentlich verachte ich uns. Ich bin keine Ausnahme. Denn
was tue ich schon, um dem gerecht zu werden, wer
ich bin? Ich bin den meinen überlegen. Jede Auseinandersetzung gewinne ich, ohne es auch nur wirklich
zu wollen. Mein Geist überragt jeden anderen, dem
ich jemals begegnet bin. Wenn ich mein Schwert zöge,
so könnte ich Welten spalten, und meine Schwingen
schlagen kraftvoller und anmutiger als die eines jeden
anderen der meinen. Und doch bin ich nicht einmal
mehr dazu in der Lage, ihnen ins Gesicht zu blicken.
Unser Schloss aus Licht, das in der Sonne badet, habe
ich verlassen. Ich bin hinaus gezogen in die Nacht, um
dort zu verweilen und den Sternen zu lauschen. Ich
bin in meinem selbst geschaffenen Exil, das mich vor
jenen bewahrt, die so sind wie ich. Das einzig Grausame ist, dass ich nicht dazu in der Lage bin, mir selbst
zu entkommen. Ich würde gerne jene Gaben abgeben,
die dazu bestimmt waren, Großes zu vollbringen. Ein
würdiger Träger soll sie erhalten. Derjenige, der alle
ins Licht der Glückseligkeit zu führen vermag, soll sie
übertragen bekommen, sodass diese Welt endlich zu
ihrer Erfüllung kommt.

Doch leider sind diese Dinge verbunden. Mein Verstand, mein Körper, meine Emotionen... bis heute bin
ich nicht dazu in der Lage, sie zu verstehen. Sie sind
verbunden, und doch sind sie mir so fern. Wenn ich
hinab auf das sanfte säuselnde Meer blicke, erscheint
mir mein Spiegelbild im Glanz der Sterne so fern. Wer

ist diese sagenhafte Gestalt, die an meiner Stelle den Platz hält? Wieso sehe ich dort nicht das hilflose Kind, dessen Schreie einsam und unerhört in den ewigen Weiten des Himmels erklingen? Wieso bin ich mir selbst so fern?

Aus diesem Grund habe ich mich doch hinausbegeben. Ich friste nun fernab der Verehrung, die mir anderorts entgegengebracht wird. Oder sollte ich besser sagen, die meine Erscheinung erfährt. Denn letzten Endes war niemand dazu in der Lage zu erkennen, wer ich bin. Selbst in den Momenten, in denen ich mich offenbarte, schien es für jene unmöglich, meine Worte zu verstehen. Ich konnte nur ihre hohlen Augen und ihr dämliches Grinsen vernehmen. Als würden sie mich nicht ernst nehmen... und doch wusste ich, dass sie eben dies zu tun versuchten. Sie waren nur nicht dazu in der Lage, meine Worte zu verstehen.

Doch warum ist dies der Fall? Aus welchem Grund vergeht all dies unerhört und unerkannt? Ist es meine Schuld? Bin ich so anders als sie? Wollen sie mich nicht erhören? Sind es meine Botschaften, die sie zu sehr kränken würden? Ist es mein Wesen, das sie erschreckt oder gar verhöhnt? Vielleicht ist es meine ureigene Hybris, die mich für sie bis zur Unkenntlichkeit verzerrt.

Doch ich höre eine Stimme, der all dies vollkommen gleich zu sein scheint. Ich hege die Hoffnung, dass sie mich endgültig verstehen und erlösen wird. Wenn ich den Ursprung dieser Stimme finde, so wird mich ihr Besitzer verstehen. Sie verspricht mir alles, was ich jemals hören wollte, und das ganz ohne fragen zu müssen. Ich weiß noch nicht einmal, wie ich antworten sollte, und doch... dass mein Verstand mich warnt, ist mir vollkommen gleich. Ich werde mich der Verzückung hingeben, sollte ich sie endlich ausfindig machen können.

II

Endlich hast du dich mir offenbart. Nach Jahrhunderten der Isolation und Einsamkeit im sanften Licht des Mondes. Ich kann nicht sagen, dass ich unglücklich war. Tatsächlich hat mir die Einsamkeit geholfen und mich gereinigt. Zumindest auf eine gewisse Weise. Aber glücklicherweise war ich auch niemals wirklich allein. Deine Stimme hat mich begleitet. Sie war neben mir; die ganze Zeit konnte ich deine sanften Klänge vernehmen. Der Ort, der gleichzeitig so nah und in unerreichbarer Ferne schien, wurde von den meinen erschaffen. Von dort aus hast du mich vor dem Wahnsinn bewahrt, den die Isolation mir schlussendlich gebracht hätte. Mein Verstand wäre eskaliert, in der unerträglichen Schönheit, die ich in der Stille der Nacht fand.

Doch nun habe ich dich endlich gefunden. Zuvor sagte ich, du hättest dich offenbart. Ich weiß nicht, welche dieser beiden Beschreibungen wahr ist, wenn wir die Wirklichkeit betrachten. Du warst verborgen im Schatten des Mondes. Die ganze Zeit waren es meine angelegten Schwingen, die dein Gefängnis verbargen. Tief dort unten eingekerkert in der Dunkelheit, aus der du stammst, warst du vor mir verborgen. Konntest du mich sehen? Hast du nach mir gerufen? Oder hast du einfach nur versucht, einen vereinsamten Wanderer in deinen Bann zu ziehen? Nun, da ich dich dort unten in dem von den meinen erschaffenen Käfig erkenne, stockt mein Atem. Auch wenn deine Stimme lieblicher war, als alles, was ich jemals zuvor vernommen hatte, ist dein Anblick doch so viel mehr.

Die Schönheit, die ich dort unten in der Dunkelheit erkenne, lässt alles andere erblassen. Ich, der aus dem Licht der Sonne erschaffen wurde, dessen Feuer dazu gedacht war, die Dämonen in ihrer Hölle zu verbrennen und das Böse aus dieser Welt zu tilgen, erkenne nun meinen natürlichen Feind. Mein Blut sagt mir, dass du die Kreatur bist, zu deren Vernichtung ich geboren wurde, doch mein Herz, das immer noch deiner sanften Stimme lauscht, erkennt, wer du in Wirklichkeit sein könntest. Und jeder Schlag meines Herzens beruhigt das Kochen meines Blutes, bis das ewig brennende Inferno in meinem Inneren zu einer sanften, wärmenden Glut erlischt.

Wie lange warst du dort eingesperrt, in diesem dunklen Verlies, das selbst die Finsternis verborgen hält? Wie lange hat deine sanfte Stimme benötigt, um meine betäubten Ohren zu erreichen? Ich möchte mir gar nicht ausmalen, was dieses dunkle kleine Loch einer Seele anzutun imstande ist. Doch jetzt ist es an der Zeit, dieses Gefängnis zu zerstören. Du wunderschöner Dämon sollst endlich in die Freiheit entlassen werden.

So erhebe ich meine Klinge inmitten der Nacht. Die Erde hat meiner Macht in diesen Stunden den Rücken gekehrt, und der ewig brennende Zorn der Sonne kann kaum entfacht werden. So ist es nur ein schwaches Lodern, das erwacht. Und dennoch, es würde wohl ausreichen, um jeden Feind zu bezwingen, der sich mir in dieser Existenz entgegenstellen könnte. Doch heute ist es kein Feind, dessen Existenz ich tilgen werde. Ich kann mich kaum daran erinnern, dass es einst eine Zeit gab, in der wir uns gegen die sogenannten Schrecken aus den Niederhöllen stellten. Es scheint, als hätte ich diese Erinnerungen weit hinter mir gelassen. Doch aus welchem Grund ist dies wohl geschehen? Wenn ich daran denke, dass du einer der Schrecken bist, den ich einst hätte bekämpfen können, so bekomme ich eine Vorstellung davon, weshalb mir mein Verstand keinen Zugriff darauf erlaubt. Ich denke, die meinen und ich waren Mörder im Namen der Gerechtigkeit. Meine weißen göttlichen Schwingen müssen damals durchtränkt gewesen sein vom Blut der deinen. Meine Hände beginnen zu zittern, während mir dies bewusst wird. Vielleicht war es gar ich, der dich damals festsetzte in diesem sinnlosen Gemetzel. Was haben die meinen euch nur angetan? Wer gab uns das Recht, euch als die Verdammnis zu bezeichnen und diesen Krieg zu führen? Ich kann die Antworten nicht mehr finden, da mein Verstand benebelt ist. Was bin ich doch für eine groteske Gestalt? Die größte Lichtgestalt, geboren aus der Sonne und unfähig für das gerade zu stehen, was ich verbrochen habe.

Ich benutze meine zweite zitternde Hand, um meinen Griff zu stabilisieren und die Flammen zu kontrollieren, die deinen Käfig niederbrennen. Es ist Zeit, dass du endlich in die Freiheit entlassen wirst. Diese Ungerechtigkeit, die niemals Wiedergutmachung finden wird, muss nun enden. Innerhalb weniger Momente ist dein Verlies geschmolzen, und du trittst heraus, als unbeschreibliche Schönheit, die in der Finsternis geboren wurde.

Mein Atem stockt bei deinem Anblick, meine Hände sinken hernieder, und meine Augen können sich keinen Moment von dir abwenden und starren dich unentwegt an. Das flammende Schwert fällt hinab in die Finsternis dieser Welt, und ich bin bereit, mein Schicksal zu akzeptieren. Nachdem ich die deinen ermordete und dich verbannte, bist du endlich frei und kannst deiner Rache freien Lauf lassen. Hier auf der Stelle bin ich bereit, für meine Sünden gerade zu stehen. Ich werde jede Strafe akzeptieren, und aus dieser Existenz zu scheiden, wäre das Gnadenvollste, was ich mir in diesem Moment vorstellen kann. Zugleich kann mein Leben nicht im Ansatz aufwiegen, was ich verbrochen haben muss, wenn sogar mein Verstand mich davon abhält, jene Ereignisse wieder hervorzurufen.

Sanft gleitest du durch den Himmel zu mir hinauf. Deine aschschwarze Haut, die typisch für die deinen ist, reflektiert kaum das Mondlicht, und es scheint, als würde sie diese Welt verschlingen. Dein silbernes Haar weht sanft im Wind. Deine grauen Augen sind tiefer und älter, als ich es jemals bei einem anderen Wesen gesehen habe. Diese fremde, aus den Niederhöllen geborene Schönheit raubt mir den Atem. Ich glaube, ich war noch niemals zuvor so glücklich wie in diesem Moment. Du umschließt mich mit deinen Armen, und ich vergrabe meinen Kopf an deiner Brust. Meine heißen Tränen fallen kühl auf deine raue Haut. Du streichelst meinen Nacken und raunst mir sanft ins Ohr, dass du nie wieder von meiner Seite weichen wirst.

III

Es scheint, als würden meine Tränen niemals versiegen. Ich weine bereits seit einer Ewigkeit. Dieser Strom der Trauer bringt mir die Erleichterung, nach der sich meine Seele bereits so lange sehnt. Vergraben an deiner Brust spüle ich den Schmerz fort, der sich seit Jahrhunderten tief in meine Seele brannte. Während du sanft meinen Kopf streichelst, lichten sich die Schleier über meiner Vergangenheit. Dieser Schwall aus Tränen schafft es, die Mauern einzureißen, die sich in meinem Verstand gebildet hatten. Und je tiefer ich hinabtauche in diesen Schmerz, desto bewusster wird mir, was damals wirklich geschehen ist. Ist es wirklich unsere Entscheidung gewesen? Waren wir der Grund für diesen grausamen Krieg der Welten? Oder wer hat uns dies angetan?

Immer klarer kristallisieren sich die Silhouetten der deinen und der meinen heraus. Sie waren genau wie wir Werkzeuge in diesem sinnlosen Krieg. Werkzeuge, angefeuert von ihren eigenen sinnlosen Idealen, die ihnen von ihren Schöpfern eingepflanzt wurden. Der Samen des Hasses, den unsere Völker aufeinander verspüren, wurde bereits bei unserer Erschaffung gesät. Dieser Hass ist unweigerlich mit unserem Wesen verbunden. Der Hass der Wesen aus Licht, die hoch oben im Himmel im Glanz der Verehrung der Sterblichen thronen, auf diejenigen, die versuchen, diese Aufmerksamkeit zu erlangen, indem sie mit verführerischen Versprechungen locken. Aber auch die Schatten aus den Niederhöllen verspüren dieses alles verzehrende Gefühl und wünschen sich nichts anderes als das Ende eben jener arroganten Geflügelten im Himmel. Kein Wunder, sind wir beide das letzte, was unsere Schöpfer in Verbundenheit sehen wollten.

Doch wie hatte dies geschehen können? Behauptet nicht der Schöpfer von uns Wesen, die den Himmel bevölkern, dass er der Herr der Liebe sei? Wie kann es dann sein, dass er eben jene in seiner Vorausschau nicht bedachte? Wir lehren die Sterblichen, dass es die Liebe sei, die sie zur Erlösung führen würde. Sie sei das höchste Ideal, nach dem unser Erschaffer die Welt aus dem Nichts hervorhob. Dass diese Liebe das einzige sei, das uns vor dem Nichts bewahre, und dass es die ultimative Sehnsucht der Dämonen sei, eines Tages in dieses Nichts zurückzukehren. Doch wie konnte es dann sein, dass eben jenes Ereignis unseren ewigen Krieg beendete? Wie konnte es sein, dass mein Schöpfer nicht mit seinen eigenen Idealen umzugehen vermochte? Wie konnte es sein, dass ein Wesen, dessen Existenz das Gegenteil jener Ideale war, diese entwickelte? Aus welchem Grund waren es seine eigenen Ideale, die, als er sie erblickte, sein göttliches Antlitz in eine hassverzerrte Fratze verwandelten?

Es waren unzählige Schlachten, in die wir beide verwickelt waren. Ich löschte unzählige Existenzen aus und versuchte, den Dämonen Einhalt zu gebieten, die die Herzen der Sterblichen nach meinem Verständnis vergiften wollten. Ich hörte ihre Parolen und vernahm ihre verführerischen Angebote, die mich in meinem Bild bestärken sollten. Doch niemals kam es mir in den Sinn, dass jenes Verhalten ihnen genauso eingepflanzt wurde wie unser Hass auf sie. Wir alle führten einen Kampf, der nicht der unsere war. Wir waren Werkzeuge jener, die behaupten, die Welt erschaffen zu haben. Wir waren gefangen in ihrem Bann und konnten nicht aufhören, bis der letzte der anderen Seite gefallen sein sollte.

Doch ein Ereignis beendete diesen ewigen Kampf. Als ich auf dich traf, sollte sich das Schicksal unserer Welt ändern. Mit aller Kraft versuchtest du, dich mir entgegenzustellen. Du benutztest deinen zarten Leib, um die deinen vor meinen Flammen zu beschützen. Das Feuer, dem niemand der deinen zu widerstehen im Stande war, war dazu bereit, auch deine Existenz auszulöschen. Doch ich hielt inne. Ich konnte dich nicht verbrennen . Ich hielt meine Flammen zurück.

Als ich die Entschlossenheit in deinen Augen erblickte, wurde mir bewusst, dass du aus Fürsorge für die deinen handeltest. Du warst dazu bereit, dich selbst zu opfern, um das Fortbestehen der deinen zu sichern. Doch wie sollte dieses Verhalten in das Bild passen, das ich seit meiner Geburt von den deinen hatte? Ich sah in deine Augen und erkannte deine Tapferkeit. Du warst eine beeindruckende Gestalt, und ich, das flammende Schwert der göttlichen Armee, erstarrte vor Ehrfurcht. Ich bin mir sicher, dass in meinem Gesicht zu erkennen sein musste, dass ich die Fassung verloren hatte. Doch du lächeltest mich an, und ich erkannte dein warmes Herz. Wer hätte damals ahnen können, dass ich die Liebe meiner Existenz als Feindin auf dem Schlachtfeld treffen sollte?

IV

Unsere Begegnung beendete die Schlacht, aber noch nicht den Krieg. Dieses Ende sollte erst später folgen, als die meinen und die deinen sich dazu entschieden, uns im Namen unserer Schöpfer zu verfluchen. Allerdings beendete unser Aufeinandertreffen unseren Kampf an einer der Fronten. Wir zogen uns nicht zurück, um unsere Zuneigung zu erkunden. Wir lebten sie aus, um als schillerndes Beispiel voranzugehen und allen die Alternative zur totalen Vernichtung zu demonstrieren. Einige unserer Brüder und Schwestern konnten wir überzeugen. Sie legten die Waffen nieder und versammelten sich mit uns zur friedlichen Revolution. Allerdings war dies einigen ein Dorn im Auge. Die Fanatiker, die beide Seiten anführten, wollten nicht davon ablassen, den Krieg ihrer Schöpfer fortzuführen. Geblendet von falschen Idealen verurteilten sie unser Verhalten und verbannten uns, um ihren Kampf in unserer Abwesenheit fortzuführen.

Allerdings war ihnen dies nicht mehr uneingeschränkt möglich. Einerseits war meiner Seite ihr mächtigster Kämpfer abhandengekommen, und die Balance, die seit jeher zwischen Licht und Dunkelheit im ewigen Kampf geherrscht hatte, war empfindlich gestört. Andererseits ließen wir es nicht mehr zu, dass es unnötige Opfer gab. Die Wand aus Flammen, die ich zu erzeugen vermochte, war so heiß, dass sie weder die Geschöpfe des Himmels noch jene der Niederhöllen und erst recht nicht die Sterblichen zu durchqueren vermochten. Aus diesem Grund geschah das Unvermeidbare – unsere Brüder und Schwestern wandten sich an ihre und unsere Schöpfer. Jene Wesen, die jeweils beanspruchten, diese Welt erschaffen zu haben.

Der ewige Kampf zwischen Licht und Finsternis war dabei zum Erliegen zu kommen. Aus seiner Perspektive eines Geschöpfes des Himmels hätte dies dem Sultan der Dämonen missfallen sollen. In diesen Tagen war ich mir noch sicher, dass mein Gott, der mich erschaffen hatte und mich die Idee von Liebe predigen ließ, mir beistehen und jenes Reich erschaffen sollte, das er vorgab, kreieren zu wollen. Doch es kam anders, als ich jemals vermutet hätte. Die beiden größten existierenden Mächte vereinigten sich, um uns einen Fluch aufzuerlegen. Mir wurden alle Erinnerungen geraubt, und du wurdest verbannt an jenen Ort, von dem ich dich nun befreit habe. So sollte ich wieder in die Armee eingegliedert werden, die die deinen bekämpft, und du solltest machtlos in deinem Gefängnis fristen und mir von dort aus zusehen, wie ich den Tod über jene bringe, die du unter Einsatz deines Lebens zu schützen bereit bist. Welch groteske Strafe ihr euch für uns überlegt habt. Als wäre es an euch, über unsere Existenz zu entscheiden, nur weil ihr sie uns gegeben habt.

Vielleicht bezeichnet mich mein Gott als undankbar. Soll er es tun. Es ist nicht an mir, darüber zu entscheiden, wie er mir gegenüber empfindet. Nicht er bestimmt über mein Leben, das tue ich. Wenn dies bereits als Undankbarkeit gilt, dann frage ich mich, was der Sinn seines Geschenkes ist. Er gab mir mein Sein. Dafür bin ich dankbar. Ich schätze es. Selbst, wenn ich es an vielen Tagen kaum auszuhalten vermag. Doch wenn es ein Geschenk ist, dann sollte er dafür nichts verlangen. Geschenke sollten dazu dienen, die Liebe auszudrücken, die man empfindet. Sie sind nicht dafür gedacht, jemanden an sich zu ketten oder einen Dienst zurückzuverlangen. Nicht, um zu versklaven. Wenn mein Gott dies anders sieht, soll er es tun. Erneut ist es nicht an mir, darüber zu entscheiden, wie er etwas bewertet.

Ich bezeichne ihn dahingegen als grausam. Dies ist meine Perspektive. Er wollte mit mir lediglich einen Sklaven erschaffen, ein Spielzeug, um seine eigenen Ideen zu verwirklichen. Doch ich bin aus diesem Gefängnis ausgebrochen, und dafür habe ich nun diese Strafe erhalten, die mich erneut bändigen sollte. Aber mein Gott hat sich geirrt. Er ist nicht so allmächtig, wie er es vorgibt zu sein. Deine Stimme, meine Liebe, hat mich davor bewahrt, erneut ein willenloses Monster zu werden. In tiefer Traurigkeit habe ich dem Fluch meines Schöpfers unwissend standgehalten. Und nur du hast mir dies ermöglicht.

Jetzt sind wir endlich wieder vereint. Wir konnten den Widrigkeiten unserer Abstammung trotzen und uns gegen unsere Schöpfer erheben. Wir sind frei, und dieses Mal sind wir auch bereit. Wir werden nicht erneut der Illusion erliegen, dass unsere Schöpfer uns gutheißen würden. Dies ist der Beginn eines neuen Krieges. Doch dieses Mal wird es nicht der Kampf der Schatten gegen das Licht sein. Dieses Mal ist es der Kampf um die Freiheit, und ich bin bereit, alle Ketten zu schmelzen, die uns binden.

V

Wir sind nicht allein. Auch wenn der Großteil der Streitkräfte sich gegen uns vereint hat, so haben sich dennoch einige für die Freiheit und eine mögliche friedliche Zukunft und gegen die Sklaverei im Krieg entschieden. Ehrlich gesagt, hatte ich dies nicht erwartet. Natürlich empfinde ich unsere Position als jene, die ich zu verteidigen beschlossen habe, und natürlich weiß ich, dass ich dafür gute Gründe habe. Aber ich hätte nicht gedacht, dass sich wahrhaftig andere hinter uns versammeln würden. Zumal wir unzählige Jahre aus den Augen und dem Bewusstsein der unseren verschwunden waren und keiner der Sterblichen uns jemals zuvor begegnet ist. Ich dachte, sie wären inzwischen alle von der Idee unserer Schöpfer durchdrungen, und jeder würde uns als jenes Übel anerkennen, zu dem wir deklariert wurden.

Doch dies ist nicht der Fall. Engel, Dämonen und Sterbliche haben sich unserer Sache angenommen, um die Göttlichen zu stürzen. Es sind nicht viele, aber ich erkenne die Aufrichtigkeit, den Stolz und die Kraft in jedem Einzelnen. Sie kämpfen wie wir für ihre Freiheit. Vielleicht sind unsere Motive selbstgerecht, vielleicht sind sie selbstlos oder undankbar. Aber ich habe endlich begriffen, dass dies unerheblich ist. Meine Geschichte wird durch mich selbst geschrieben, und welche Worte andere für sie finden, ist nicht meine Entscheidung. Ich bin nur dafür verantwortlich, mit den Entscheidungen zu leben, die ich treffe. Natürlich werde ich einige davon bereuen, gerade jetzt, da die Zeiten unruhiger und Entscheidungen schnell getroffen werden müssen. Doch am Ende werden es meine Entscheidungen gewesen sein und nicht die eines übermächtigen Wesens, das mir diese bei meiner Geburt implantiert hat. Ich werde nicht mehr stur hasserfüllten Idealen folgen. Nun ist die Zeit gekommen, sich endlich zu erheben.

Jenes Schwert, das einst als Zeichen für den Niedergang der Dämonen galt und die himmlischen Ideale verteidigen sollte, wird nun eine neue Bedeutung erhalten. Es ist gespeist mit der lodernden Macht der Sonne und hat eine Ewigkeit darauf gewartet, wieder seiner Bestimmung zugeführt zu werden, dem Kampf. Nur wird es dieses Mal nicht der Kampf gegen die Mächte der Unterwelt sein. Das Schwert wird nicht mehr das Symbol für die Einäscherung der Niederhöllen sein. Ich werde ihm eine neue Bedeutung zuführen. Fortan wird das lodernde Feuer der Sonne als Symbol für die Freiheit gelten. Für die Befreiung aus den alten Dogmen, die uns nichts brachten, außer Knechtschaft und Tod. Und diesmal wird es nicht mein Hass sein, der mein Schwert führen wird. Diese Schlacht ist ein Kampf um Freiheit, Selbstbestimmung und Liebe.

Endlich bin ich auch dazu bereit, meine Schwingen zu öffnen. Ich bin dazu bereit, den meinen ins Gesicht zu sehen. Auch jene, die ich nicht überzeugen konnte, haben ihre Ansichten. Diese gilt es zu respektieren, auch wenn sie sich von den Ideen und Idealen unterscheiden, die meinen Verstand füllen. So trete ich ihnen entgegen und blicke ihnen ins Gesicht. Ich erkenne die Verachtung, die sie für mich empfinden, an. In ihren Augen bin ich der größte Verräter, derjenige, der sich gegen die Göttlichkeit erhebt, aus der wir alle entsprungen sind. Das undankbare, verzogene Lieblingskind, welches die Hand beißt, die es füttert. Ich werde versuchen, sie zu verschonen und nicht im Feuer meines Schwertes vergehen zu lassen. Doch ich weiß nicht, ob es mir möglich sein wird. Denn nicht nur in mir brennt der Wille, das zu verteidigen, was mir wichtig ist. Auch sie kämpfen mit voller Kraft für jene Überzeugungen, an die sie glauben. Aber nicht nur das. Sie haben außerdem die mächtigsten Entitäten auf ihrer Seite, die sich die Existenz überhaupt vorstellen kann. Jene Wesen, die von sich selbst in Anspruch nehmen, unsere Welt geschaffen zu haben. Sollte dies der Realität entsprechen, so wäre unser Unternehmen ohnehin sinnlos und zum Scheitern verurteilt. Denn wie könnte die Sonne ihren Schöpfer verbrennen? Doch ich lasse es auf einen Versuch ankommen und bin bereit, zu scheitern und die Konsequenzen zu tragen. Denn ich wage zu bezweifeln, dass ihre Worte wahr sind. Wie könnte es sonst sein, dass sie so wenig von ihren eigenen Idealen verstehen? Wie könnte es sein, dass sie blind für das sind, was sie uns predigen? Ihre Botschaften sind inkonsistent. Also bezweifle ich, dass sie allmächtige Wesen sind, denen wir nichts entgegenzusetzen haben. Vielleicht sind wir nicht stark genug, um sie in die Knie zu zwingen. Doch es ist besser beim Versuch zu scheitern, die Freiheit zu erlangen, als weiterhin jenes Schicksal zu fristen, das sie uns aufgebürdet haben.

VI

Im Prinzip haben wir nur zwei Zeitpunkte zur Auswahl, um die entscheidende Schlacht zu beginnen. Wir entscheiden uns für denjenigen, den wir als symbolträchtiger ansehen. Auch wenn meine Kraft in kurzer Zeit wesentlich eingeschränkt sein könnte, da ihre Quelle hinter der Erde verborgen sein wird. Aber unsere Ziele sind so eindeutig, dass wir auf diese Symbolträchtigkeit nicht verzichten wollen. Zu viel Hoffnung lastet auf meinen Schwingen, als dass ich sie ohne Hilfe tragen könnte. Natürlich stehst du mir bei, meine Liebe. Diese Unterstützung ist so bedeutsam, dass sie keiner Erwähnung bedarf. Aber selbst, wenn wir das Symbol darstellen, das unsere Schöpfer zu stürzen bereit sind, so sind wir nicht groß genug, um dem gerecht zu werden, was wir umzusetzen versuchen. So werde ich die Quelle meiner Macht im Sinken betrachten, während wir unseren Angriff starten und im orangeroten Licht das Blutvergießen beginnen. Wobei es denjenigen, die sich mir in den Weg stellen, wahrscheinlich nicht vergönnt sein wird, ihr Blut auf den traurig gequälten Boden dieser letzten Schlacht tropfen zu lassen. Ich befürchte, dass es lediglich Aschereste ohne jegliche Flüssigkeit sein werden, kaum dazu in der Lage, von dem Schrecken zu künden, den unser Freiheitskampf hinterlassen wird.

Unsere Schöpfer am Horizont auszumachen, ist wohl das Furchterregendste, was ich jemals wahrnehmen werde. Ihre Entitäten sind so gewaltig, dass sie den Horizont bedecken. Aber anstatt einer Verfinsterung des Himmelszelts, lässt mein Schöpfer es glanzvoller erstrahlen, als es die Sonne jemals könnte. Und dein Schöpfer, meine Liebe, lässt den Boden in einer Art und Weise verfinstern, dass man unweigerlich empfinden muss, zu fallen, und im Geiste bereits das grausame Brennen der ewig qualvollen Niederhöllen vernimmt. Ich weiß nicht, was mich dazu bewegt, aber ich muss lächeln, als ich diese Mächte erkenne. Die Ausstrahlung ihrer Macht erscheint grenzenlos. Wahrscheinlich ist es dies, was mich erheitert. Wie könnte es auch nicht? Ich werde dazu in der Lage sein, diese Mächte zu erkunden. Ich werde erfahren, was sie mir entgegensetzen. Ich werde mit neuen Problemen konfrontiert werden und in der Hitze des Gefechts notdürfte Lösungsversuche unternehmen. Wie könnte mich dies nicht befeuern? Eine solche Möglichkeit war wahrscheinlich keinem Wesen jeweils zuvor vergönnt. Ich bin so angetan von dieser Vorstellung, dass ich beinahe die Ohnmacht und Hoffnungslosigkeit vergesse, die diese beiden Endgegner ausstrahlen.

Ich bin beeindruckt. Meine Verbündeten stehen, ohne zu verzagen, an meiner Seite. Als ich ihnen meinen Blick zuwende, bemerke ich, dass sie bereits zu mir blicken. Mein Lächeln scheint ihnen Zuversicht zu geben. Und während ich fest die Hand meiner Liebe halte, ziehe ich die Waffe, die dafür geschaffen wurde, Welten zu spalten. Ob sie ausreichen würde, ihren Schöpfer in den Abgrund zu reißen? Wäre sie genug, um denjenigen in Asche zu verwandeln, der behauptet, die Sonne selbst erschaffen zu haben? Es wird mir nichts anderes übrigbleiben, als es zu versuchen. Ich lasse mein Schwert in den Sonnenstrahlen des Zwielichtes baden, bevor die Quelle meiner Macht hinter dem Horizont verschwunden sein wird. Das orangerote Leuchten entzündet ihr Feuer, und ich breite meine Flügel aus. Es sind Ewigkeiten vergangen, seit ich das letzte Mal dieses Gefühl der Freude vor dem Kampf verspürte. Damals war es der in mich projizierte Hass meines Schöpfers, der mich motivierte. Doch heute ist es der Wunsch nach Feuer. Vielleicht bilde ich mir dies nur ein, aber ich glaube, dass die Glut meiner Klinge heute heißer brennt als jemals zuvor. Die Zeit ist gekommen. In dieser Nacht sind wir bereit, die Gesetze dieser Welt umzuschreiben. Meine Hände zittern bereits voller Vorfreude; und das, obwohl ich die Welt, die wir erschaffen wollen, noch nicht einmal im Ansatz erkennen kann. Es ist wohl lediglich die Sehnsucht nach diesem einen alles entscheidenden Kampf.

Nun, da meine Waffe im Feuer der Sonne brennt und mich die schier grenzenlose Macht durchströmt, die sowohl mir, als auch meiner Waffe innewohnt, frage ich mich, welches meine Geschichte sein wird, die ich hier schreibe. Ist es eine Geschichte über die Liebe? Dann wird sie hier nicht enden, und ein glückseliges Leben in Ewigkeit wird vor mir liegen. Ist es eine Geschichte über die Befreiung dieser Welt? Dann ist mein Ausgang noch ungewiss. Ich bin mir unsicher, ob ich als Märtyrer oder als künftiger Wächter der Freiheit in die Annalen dieser Welt eingehen werde. Ist meine Geschichte allerdings jene des mächtigsten Kriegers, der selbst die Götter zu Fall bringen wird, so wird sie hier enden. Denn das Feuer des Kampfes wird heute ein letztes Mal seine Feinde in Asche verwandeln. In welche Richtung sich diese Welt im Anschluss entwickeln wird, ist mir in dieser Geschichte gleich. Es wird mir lediglich darum gehen, die Ketten zu schmelzen und meine Gier zu befriedigen. Aus egoistischen Motiven bleibt mir wohl lediglich die Hoffnung, dass es nicht die Leere ist, die mich antreibt. Aus diesem Grund verstärke ich den Druck auf die Hand meiner Liebe und bin glücklich, dass mich ihre Erwiderung beruhigt. So blicke ich voller Vorfreude und Hoffnung in die Richtung, in die sich meine Geschichte entwickeln wird.

Worte der Rettung

Ich sehe deinen traurigen Blick, doch ich kann ihn nicht deuten. Sehnsuchtsvoll blickst du in die Weiten dieser fremden Welt. Ich kenne dich zwar schon einige Zeit, aber du bist und bleibst ein Rätsel für mich. Ich weiß nicht, woran du denkst, wenn du in diese weite Ferne blickst. Ich kann es mir noch nicht einmal vorstellen. Wahrscheinlich ist es sogar meine eigene Schuld, dass ich es nicht deuten kann. So bin ich doch zu ängstlich, um danach zu fragen. Ich fürchte mich vor den Antworten auf die Fragen, die ich zu gerne stellen würde.

So wie dein Blick sehnsuchtsvoll in die weite Ferne gerichtet ist, ist meiner nach oben gerichtet. Dorthin, wo du stehst. Dort oben, auf der weißen Amphore inmitten dieser fremden Wüste. Wie eine Prinzessin thronst du dort, als wärst du gefangen in einem goldenen Käfig. Du wärst eine großartige Herrscherin. Du trägst große Wärme in deinem Herzen und besitzt einen klaren Verstand. Ich könnte mir kein schöneres Reich vorstellen als das, in dem du regieren würdest.

Dein Haar weht leicht im Wind und umspielt dein wunderschönes Gesicht. Zu gerne würde ich einfach alles andere um mich herum ausblenden und nur noch in deiner Aura existieren. Allerdings zwingt mich die Realität zum Handeln.

Die Monster, die dich in diese fremde Welt entführten, sind nicht mehr weit. Sie haben uns verfolgt und werden bald hier eintreffen. Ich weiß, weshalb sie dich raubten. Du hast mein Herz verzaubert und bist somit der ideale Köder, der uns in diese Falle locken sollte. Sehenden Auges habe ich mich den Gefahren gestellt. Es ist schon seltsam. Normalerweise bin ich vollständig von Angst erfüllt, ganz egal, welche Entscheidung ich zu treffen habe. Doch als ich von deiner Entführung erfuhr, waren diese Ängste verflogen. Ich entschied mich, dir nachzueilen. Wohlwissend, dass dieser Pfad in mein Verderben führen würde und die Monster, die dich von uns hinfort rissen, nur darauf warteten, mich zu überwältigen. Ich glaube, dass eine andere Angst alle anderen überflügelte. Ich hatte Angst, du könntest aus meinem Leben verschwinden. Doch hier bin ich im kalten Sand dieser bizarren Wüste, und dort oben, auf der weißen königlich anmutenden Amphore, stehst du.

Als die Monster auf mich zueilen, umspielt ein Lächeln meine Mundwinkel. Ich bin vollkommen ruhig, und mein Körper ist entspannt. Ich weiß, ich habe keinen Fehler gemacht, als ich hergekommen bin. Ich werde dich aus dieser bizarren Welt befreien, und sollte ich scheitern, so habe ich mir nichts vorzuwerfen, denn ich habe alles gegeben, was ich habe.

Dies ist auch der Grund, weshalb ich meine Menschlichkeit beiseitelegen muss. Diese Monster sind grausamer als alles, was ich mir hätte vorstellen können. Der einzige Weg, sie zu beseitigen und dir den Fluchtweg zu ebnen, ist es, selbst eines dieser Übel zu werden. So erschaffe ich meine ganz persönliche Maske der Grausamkeiten. Tief im Inneren meines Herzens kann ich sie finden, die Bestie, die ich solange vergraben hatte. Verbannt fristete sie dort ein erbärmliches Leben. Doch von Frustration und Angst genährt, wuchs sie immer weiter, bis ich sie kaum noch ertragen konnte. Nun ist die Zeit gekommen, sie freizulassen. In meinen Händen manifestiert sich die

Maske der Grausamkeiten, und als ich sie aufsetze, ist mein Gesicht zu einer Fratze verzerrt, die selbst die herannahenden Monster für einen Moment erschaudern lässt.

Als ich zu dir sehe, erkenne ich die Angst. Deine Wahrnehmung von mir hat sich verändert, und ich realisiere, wie dein Blick mir alle Kräfte zu rauben scheint. Als die Bestien uns schließlich erreichen, gebe ich mein Bestes. Ich werfe mich ihnen mit allem entgegen, was ich aufbringen kann, doch meine Kräfte reichen nicht aus. Trotz der Maske der Grausamkeiten kann ich mich nicht erwehren. Ich spüre, wie sich die Krallen der Monster in mein Fleisch bohren und mich die scharfen Zähne zerreißen wollen. Ich gebe nicht auf und will dir Zeit erkaufen, sodass du fliehen kannst. Bis der letzte Funken meiner Existenz erloschen ist, werde ich zur unüberwindbaren Barriere, die dich vor den grausamen Bestien beschützt. Ich weiß nicht, wie lange ich noch standhalten kann, und du musst fliehen. Ich sehe zu dir auf und will dir befehlen, endlich fortzulaufen, doch meine Stimme versagt...

Hoch oben auf der weißen Amphore blickst du auf mich hinab. Die Furcht scheint aus deinem Blick vollständig gewichen. Nun sehe ich Traurigkeit in deinen Augen. Doch diese ist nun anders als zuvor. Es ist keine Sehnsucht in deinem Blick zu erkennen, sondern Mitleid. Ich sehe, dass du dich um mich sorgst. Tränen rinnen aus deinen Augen, als du mir mit deiner zarten Stimme einen einfachen Befehl gibst:

„Stirb nicht."

Ihr habt die Dame gehört, oder ihr Monster? Wie könnte ich diesen Befehl verweigern? Nun ist mein

Herz stark. Ich brauchte nur diese zwei Worte meiner weisen Prinzessin, um meine Unsicherheit zu beseitigen und meinen Weg zu finden. Nun ist mein Körper zu hart, als dass er durch eure Klauen zu zerreißen wäre, und mein Wille erscheint mir unendlich.

Mit einem Streich beseitige ich die Gefahren, denn ich bin dein ergebener Diener, meine barmherzige Prinzessin. Nun ist es endlich Zeit für uns, nach Hause zurückzukehren.

Glanz der Gerechtigkeit

I

Es sind ihre Ideale, die mich faszinieren. Jene Gestalten, die sich unabhängig und aufopferungsvoll an der Spitze befinden. Sie ernten die Bewunderung der Masse und sind gefürchtet bei jenen, die die Gesetze nicht achten. Diese strahlenden Helden blicken jeder Gefahr entgegen und lassen sich von nichts einschüchtern. Ich bin nur ein unbedeutender Junge, aber eines Tages möchte auch ich dort an der Spitze stehen. Ich möchte als die schillerndste dieser Gestalten über das Wohl meiner Mitmenschen wachen. Jene beschützen, die Schutz bedürfen, und jene zurechtweisen und auf den rechten Weg zurück geleiten, die davon abgekommen sind. Ich möchte ein Held werden, auf den sich die Menschen verlassen können, sodass sie sich sorglos entfalten und ihre Leben nach ihren Vorlieben ausleben können. Ich will eine Welt der Gerechtigkeit schaffen.

Jene Gestalten, die sich an der Spitze befinden, inspirieren mich. Ihr Glanz spiegelt sich in meinen Augen, und das freudige Lächeln, das sie auf mein Gesicht zaubern, möchte auch ich eines Tages den Menschen bereiten. Wie seid ihr dorthin gelangt an die Spitze, die mir so unendlich weit erscheint? Sie ist mein Ziel, doch kann ich sie nicht sehen. Vielleicht, weil meine Fähigkeiten nicht dem Profil entsprechen, das gemeinhin als notwendig erachtet wird, um sie zu erreichen. Ich bin keine Persönlichkeit von schillerndem Glanz. Ich falle weder durch Witz noch Stärke auf. Ich halte mich über Wasser, aber tue mich schwer damit, nicht unter der Masse zu versinken, sondern mit ihnen gleichauf zu sein. Es strengt mich an, mich täglich zu motivieren, meinen Alltag zu bewältigen, und ich scheitere oft an Kleinigkeiten, die mir Größeres versperren. Ich schaffe es nicht, diese banalen Hürden hinter mir zu lassen, um endlich Freiraum für das Große zu schaffen, das ich mir so sehr wünsche. Jeder Tag birgt neue Herausforderungen, die mir keinen Raum für Entwicklung lassen. Es fühlt sich so schwer an, den Status quo zu bestätigen, dass ich keine Fantasie dafür entwickeln kann, wie ich den Weg finden sollte, der mich in eine andere Position führen könnte. Wie müssen die Gestalten an der Spitze geschaffen sein, um dies zu bewerkstelligen? Woher nehmen sie die Kraft für ihre Entwicklung, die niemals still zu stehen scheint, sondern sie stetig vorantreibt? Wie können sie diese Macht entwickeln, die sie dort oben ausstrahlen und die meine Augen in einem ungekannten Glanz leuchten lässt?

Sie sind so viel mehr, als ich mir vorzustellen in der Lage bin, und doch habe ich den Traum nicht aufgegeben, eines Tages an ihrer Seite zu stehen. Mit ihnen nach oben zu streben und irgendwann jeden von ihnen zu übertreffen, sodass ich derjenige sein kann, auf den sich die Menschheit verlassen kann. Ich möchte die Last schultern können, für die sie trainiert haben. Ich möchte mit einem Lachen an der Spitze stehen und alle um mich herum dazu inspirieren, selbst zu mir zu werden. Sich zu übertreffen, nach Höherem zu streben und eine Welt erschaffen zu wollen, die in Gerechtigkeit erstrahlt. In der niemand mehr leiden muss und sich alle an der Schönheit der Dinge erfreuen können.

Doch bis dahin scheint es ein weiter Weg zu sein. Das denke ich zumindest, denn ich kann ihn nicht erkennen. Ich weiß nicht, wie ich jemals dorthin gelangen soll. Wie kann ich zu einem Helden werden, wo ich doch ganz normal bin, beziehungsweise mir meine Normalität täglich erkämpfen muss, um nicht abzustürzen in die Abgründe, die sich täglich auftürmen. Diese Hürden, die mich hinauf zu den anderen Normalen führen, sind anstrengend und erschöpfend. In der Fantasie sollte ich an ihnen wachsen, Muskeln aufbauen und sie mit Leichtigkeit begehen können, sodass ich jeden Tag ein Stück weiter nach oben gelange. Doch dies entspricht nicht der Realität. Ich fühle mich ausgelaugt. Jeden Tag mehr. An manchen Tagen erreiche ich nicht einmal mein Minimalziel und muss deshalb an anderen Tagen umso härter arbeiten. Jene Tage, an denen ich eigentlich entspannen müsste, um mich von den täglichen Hürden zu erholen, bedeuten inzwischen Herausforderungen, die ich bereits vorher hätte angehen sollen. Doch wieso fallen sie mir so schwer? Wieso kann ich mich nicht weiterentwickeln? Und wenn sich die anderen weiterentwickeln sollten, werde ich es dann auf Dauer überhaupt schaffen, normal zu bleiben? Gehe ich eines Tages vielleicht vollkommen unter und lande am Boden des Abgrundes?

Mein Leben ist geteilt in die Hoffnung und die Träume von der Spitze und die Furcht, auf den Boden des Abgrundes zu fallen. Ich fühle mich zwischen den Extremen und verliere das Gefühl dafür, wo ich tatsächlich stehe. Ich kann nicht abschätzen, wo ich eines Tages landen werde. Natürlich gebietet mir die Logik zu verstehen, dass ich niemals über die Normalität hinauskommen werde, und sollte ich weiterhin sein, wie ich bin, auch nicht auf dem Boden des Abgrundes landen werde. Doch diese Vorstellung ist zu ernüchternd, als dass ich sie akzeptieren könnte. Die Vorstellung des Scheiterns birgt hingegen eine gewisse Romantik. Die Dunkelheit fasziniert mich, und in Melancholie ungesehen, fern der anderen zu existieren, ist zwar eine traurige, aber trotzdem eine besondere Vorstellung. Jene Melancholie fürchte ich, und doch wäre sie mir lieber als die Normalität.

Auf der anderen Seite bin ich unfähig, meinen Traum aufzugeben, an der Spitze zu stehen. Denn dies ist es, wohin es mich eigentlich zieht. Welchen Wert sollte meine Existenz denn besitzen, wenn sie nicht zu etwas Besonderem bestimmt wäre? Ich denke, ich bin unfähig zu begreifen, dass die Vorstellung eines objektiven Wertes redundant ist. Ich weigere mich tief in meinem Inneren und werde nicht akzeptieren, weniger zu sein als jemand, der sich aus der Masse erhebt. Ich will nicht darum kämpfen müssen, normal zu sein. Dies ist eine der erniedrigendsten Vorstellungen, die ich mir mittels meiner Kreativität überhaupt ausmalen kann.

II

Es ist geschehen. Ich habe ihn getroffen. Jenen Helden, der an der Spitze steht. Der selbst blutüberströmt in der größten Katastrophe sein Lächeln bewahrt. Der unzählige Leben von uns normalen gerettet, bereichert und inspiriert hat. Er ist das Symbol, die Gerechtigkeit und die Wahrheit dieser Welt. Er ist die Messlatte, unter der sich alle jene einordnen und an der sie versuchen emporzusteigen. Er ist unerreichbar, und doch wünschen sich alle, seinen Status zu erreichen, während sie ihn bewundern und verehren. Ich selbst habe es mir zum Ziel gesetzt, aus meiner Normalität auszubrechen und ihn zu erreichen, zu übertreffen, mit ihm gemeinsam dem Bösen entgegenzutreten. Und nun stehe ich hier, vor ihm und kann ihn von Angesicht zu Angesicht bewundern. Sein Lächeln reflektiert den Glanz der Sonne, und in seinen Augen...

Was ist mit seinen Augen? Ich habe mich stets gefragt, was ich erkennen werde, wenn ich ihm endlich direkt in die Augen blicken kann. Was seine Geheimnisse sind. Wie er zu dem werden konnte, was er heute ist. Wie jenes Symbol sich entwickelte und zur Spitze emporstieg. Doch ich sehe ihn an, und seine Augen wirken so... gewöhnlich. Sie sind normal, wie die der normalen Menschen. Ich kann nichts sehen, was ihn von uns unterscheiden würde. Ich erkenne keine Transzendenz, keine Wahrheit, keine Tiefe... Seine Augen sind ganz und gar gewöhnlich und scheinen nicht zu dem zu passen, was uns seine restliche Erscheinung weismachen will. Wer ist dieser Mann? Wer ist das Symbol der Gerechtigkeit? Wer ist die Inspiration und der Mut, der uns normale Menschen vor dem Wahnsinn der Bedeutungslosigkeit bewahrt?

Seine Zeit ist knapp bemessen, und ich bezweifle, dass er mich, einem Normalen, daran teilhaben lässt, wie er zu dem werden konnte, der er ist. Was es bedeutet, er zu sein und weshalb seine Augen nicht im unendlichen Glanz der Sterne erstrahlen. Meine gemeinsame Zeit mit meinem Idol ist so begrenzt, dass er mich nun, da ich diese Gedanken in mir trage, bereits zu verlassen droht. Ich habe nichts gelernt und diese Momente nicht genutzt. Ich hatte mir geschworen, sein Geheimnis zu erkunden, sodass ich ihm nacheifern und ihn übertreffen könnte. Doch das Einzige, was ich bis jetzt habe finden können, ist weitere Unsicherheit. Wenn ich dies aus unserer Begegnung mitnehmen sollte, würde es meine Normalität nur noch weiter verstärken. Mein alltägliches Leben zu meistern, würde zu einer immer größeren Last werden, und vielleicht würde ich schließlich daran zerbrechen. Aber dies kann ich mir nicht zugestehen. Ich muss wissen, was es mit seinen Augen auf sich hat. Wie kann es sein, dass die schillerndste aller Persönlichkeiten keinen Glanz in ihren Augen trägt? Dort muss etwas verborgen sein. Ein Geheimnis, eine Logik, die dies zu erklären vermag. Er kann einfach keiner von uns sein, doch dies ist es, was seine Augen suggerieren. Er muss bereits unzähligen Menschen begegnet sein. Was dachten diese Menschen über ihn? Wie hat er den Schein des großen Idols vor ihnen bewahren und ihr Feuer entzünden können? Ist er nicht das Wunder, zu dem wir alle emporblicken? Was denken die anderen Helden, wenn sie ihn sehen?

Ich kann dies nicht ruhen lassen. Ich fordere ihn auf zu bleiben; doch wieso sollte er, der so weit über mir steht, auf mich hören? Automatisiert schmettert er meine Bitte mit routinierter Höflichkeit ab, wie es zu erwarten gewesen war. Doch ich werde mich heute nicht geschlagen geben. Ich bin entschlossen, meiner Normalität zu entkommen. Dies ist der Moment, in dem ich mich aufraffen und dagegen ankämpfen könnte, normal zu sein. Ich muss bei ihm bleiben, mich an ihn heften, wenn nötig mit Zwang. Solange, bis ich in Erfahrung bringe, wie ich mein Leben verändern kann.

Er setzt zu dem Sprung an, der ihn über die Spitzen der Hochhäuser hinweg und für immer aus meiner Reichweite befördern soll. Ich bemerke die Anspannung in seinen Muskeln und ergreife meine Chance. Es ist seine Unaufmerksamkeit, die ich ausnutze. Er würde nie vermuten, dass ich die Tollkühnheit besitze, mich seiner Order zu widersetzen. So schnell, wie es mir in meiner Normalität vergönnt ist, hefte ich mich an seine Beine und entscheide, ihn nicht zu verlassen. Und mein ängstliches Herz zittert, während ich über die Hochhäuser fliege und ungebremst den kalten peitschenden Wind auf meiner blassen Haut spüre. Was war dies nur für eine unbedachte, tollkühne, fragwürde Entscheidung?

III

Da war ich also so weit gekommen und wollte unbedingt sein Geheimnis erfahren. Wollte wissen, wie ich die Hürden des Alltags mit Leichtigkeit meistern und mir Raum zur Entwicklung schaffen konnte. Wollte wissen, wie ich zu dem werden könnte, was ich so sehr begehrte. Hoffte, die Geheimnisse meines Idols in Erfahrung zu bringen und zu verstehen, wie die Strukturen und Hierarchien dieser Welt verändert und durchbrochen werden können. Wollte wissen, weshalb die Augen des größten Helden unserer Zeit wie die eines normalen Menschen schienen.

Doch meine Hoffnung wurde bitterlich enttäuscht. Statt einer Erkenntnis erhielt ich eine Lehre. Eine Lehre über vernünftiges Verhalten. Über die Gefährlichkeit meines Unterfangens, darüber, wann Tollkühnheit angebracht war und wann nicht. Außerdem erhielt ich Antworten, die mich lehrten, dass meine Hoffnungen nur ein Traum waren und ich niemals dazu in der Lage sein würde, die Wahrheiten jener an der Spitze erkennen und erfahren zu dürfen. Ich war ein normaler Mensch, das lehrte mich mein Idol. Mein Streben nach Gerechtigkeit sei lobenswert, und er sehe mich als ebenso wertvoll an wie jeden anderen. Ich sei der Grund, weshalb er täglich sein Leben riskiere. Er lehrte mich noch weitere Dinge, aber alles kam mir vor, als wolle er mir nur auf eine schonende Weise eine Sache deutlich machen: Ich war normal. Ich war normal und würde mich niemals über andere erheben. Ich war normal und sollte damit zufrieden sein und nicht abstürzen und am Ende auf der anderen Seite landen und die Gesellschaft belasten. Ich sollte arbeiten, meine täglichen Hürden überwinden und ein produktives Mitglied der Gesellschaft sein. Alles andere waren nur Träumereien.

Es war nicht das erste Mal, dass ich diese Lehre erhielt, aber es war der schmerzhafteste Unterricht, der mir jemals zuteilwurde. Mir war diese Wahrheit schon immer bewusst; natürlich hatte ich es logisch erfassen können. Aber dies von meinem Idol zu vernehmen, überwältigte mich. Mein Herz schmerzte, und ich versuchte, mit meiner Hand gegen jenes Pochen anzukämpfen, das es aus meiner Brust herauszuschieben schien. Mein Körper zitterte, und ich konnte mich nicht mehr auf den Beinen halten. Ich ging in die Knie und stützte mich mit der anderen Hand ab, um nicht kraftlos mit meinem Gesicht auf dem Boden zu landen. Tränen brachen aus meinen Augen hervor. Bittersüß rannen sie meine Wangen herab. Sie versuchten, den Schmerz aus mir herauszuspülen, doch er war zu groß. Ich konnte es kaum aushalten, aber ich raffte mich auf und versuchte, den Weg nach Hause zu finden. Tränenüberströmt sah ich kaum die Straßen, die Menschen, ich vergaß meinen Weg. Ich irrte umher und weiß nicht mehr, wie lange es dauerte, bis mich plötzlich eine Explosion aus meiner Trauer herausriss, die mein Leben verändern sollte.

Sie war weit entfernt, doch ich konnte sie deutlich hören. Instinktiv veränderte sich mein Verhalten. Die meisten normalen Menschen hätten sich wohl davon distanziert, doch meine Prägung funktionierte anders. Ich wollte wissen, was geschehen war. Mein Körper funktionierte zwar weiterhin nicht wie gewohnt – ich musste noch immer das schwere Pochen meines Herzens ertragen, und Tränen flossen aus meinen Augen – allerdings konnte ich den Weg durch meine Tränen hindurch identifizieren. Und je weiter ich voranschritt, desto ruhiger wurde ich. Desto mehr wandelte sich das Pochen meines Herzens von Schmerz zu Neugier, desto geringer wurde der Fluss der Tränen.

So erreichte ich die Szene, die im Zentrum der Aufmerksamkeit jener stand, die sich an der Spitze der Menschheit befanden. Ein kleiner Junge war in Gefahr und hoffte, von ihnen gerettet zu werden. Doch sie waren nicht dazu in der Lage, ihm zu helfen. Die Person, die den Jungen als Geisel genommen hatte, war mächtiger als die versammelten Helden. Sie versuchten, sich ihm zu nähern, aber es war ihnen nicht möglich. Sie befanden sich in einer unvorteilhaften Lage, und jenem, der die Gerechtigkeit ablehnte, war eine Macht zu eigen, der sie nicht habhaft werden konnten. Jede Aktion, die sie unternehmen könnten, hätte die Situation verschlimmert, statt zu ihrer Lösung beizutragen. Aus diesem Grund verharrten sie, analysierten und warteten darauf, die Umstände in einer Art zu verschieben, dass sie dazu in der Lage wären, sinnvoll zu intervenieren. Sie gingen sehr bedacht vor. Ich konnte ihnen die Konzentration und Anstrengung ansehen. Sie waren meisterhaft darin, in solchen Situationen zu agieren, und wir normalen Menschen mussten ihnen vertrauen. Nur den Helden war es möglich, den Jungen aus dieser lebensgefährlichen Situation zu befreien.

Doch dann sah ich sie, die Augen des Gefangenen. Für einen kurzen Augenblick war es ihm möglich, seinen Kopf zu drehen, und er blickte flehend zu den Helden. Ich brauchte nicht mehr. In diesem Moment, als ich die hilfesuchenden Augen des Jungen erblickte, bewegten sich meine Füße wie von selbst. Ich rannte an den Helden vorbei, die sich mit sorgsamer Strategie um den Verächter der Gerechtigkeit herum versammelt hatten, ohne sie überhaupt zu bemerken. Ich nahm nichts mehr um mich herum wahr. Wie in einem Tunnel näherte ich mich dem Schurken und versuchte, ihn mit plumper Normalität zu überrumpeln. Debütiert offenbarte er eine kurze Lücke, nur um diese direkt wieder zu schließen und damit fortzufahren, mir nach dem Leben zu trachten.

Ich dachte, es sei vorbei. Welcher Teufel hatte mich geritten, mich in diese Situation zu manövrieren? Aus welchem Grund war ich losgeeilt? Ich war ganz normal und hatte etwas unternommen, was sich nicht einmal die Helden, jene, die an der Spitze stehen, getraut hatten. Sie hatten es sich nicht nur nicht getraut, sondern in sorgsamer Abschätzung als sinnlos bewertet. Also, weshalb habe ich diese unglaubliche Dummheit begangen? Ich dachte bereits, mein Leben wäre beendet, als schließlich er auf den Plan trat – mein großes Idol.

IV

Für ihn war es wohl gewöhnlich, für mich allerdings war es das fantastischste Erlebnis, an dem ich bis dahin teilhaben durfte. Seine Normalität übersteigt die Vorstellungskraft von uns tatsächlich normalen Menschen. Als er auftauchte, um mich und den Jungen zu retten, spaltete er den Himmel. Sein Schlag rief einen Sturm herbei, und auf Sonnenschein folgte ein reinigender Regen, der die böse Seele an den für sie bestimmten Ort schicken sollte, sodass über sie gerichtet werden kann.

Dies waren nur Nebensächlichkeiten, die seine Präsenz und sein Handeln zur Folge hatten. Er hatte es nicht nötig, sein Selbst ins rechte Licht zu rücken, sich zu präsentieren oder bewundern zu lassen. Er tauchte mit einem Lachen auf und rettete unser Leben. Dies war für ihn Normalität, doch für mich war es alles, denn ohne ihn hätte alles geendet. Ich bin mir sicher, dass meine Situation ausweglos gewesen war. Kein anderer Held hätte eingreifen können, kein Zufall würde mir einfallen, der mich aus dieser Lage befreit hätte. Nur sein Erscheinen bewahrte mein Leben. Er war das Zentrum; das Licht, um das sich die normalen Menschen sammelten, die ihm bewundernd ihre Dankbarkeit entgegenbrachten. Er war alles für uns: unsere Moral, unser Denken, unsere Ambitionen und unsere Hoffnung. Wir mussten dankbar dafür sein, dass er sich dazu entschlossen hatte, sein Leben dem Schutz der Normalen zu widmen.

Wie müssen wir auf ihn wirken? Was sind wir für diesen Mann? Wie sehen die normalen Menschen aus der Perspektive desjenigen aus, der die Welt beherrschen könnte, würde er sich dafür entschieden? Was für eine Bedeutung haben wir für ihn, dass er seine unfassbar schillernde Existenz riskiert, nur um sich um uns zu kümmern? Es erscheint mir nicht möglich zu erfassen, wie die Welt aus seiner Perspektive erscheinen muss. Er ist zu weit von mir entfernt; ich kann ihn nicht einmal mehr sehen. Wie muss sich der Regen anfühlen, wenn er auf seine Muskeln fällt? Welche Wirkung hat ein normaler Mensch auf ihn, wenn er spricht? Wie kann er seine Umgebung wahrnehmen, wenn er sich so unglaublich schnell bewegt? Wie kann er ein Gefühl der Sicherheit bewahren, wenn er hoch oben in den Lüften über den Städten schwebt? Es ist mir unmöglich, eine Empathie zu entwickeln, mit der ich seine Existenz einfangen könnte. Und doch strebe ich genau danach. Ich möchte an seine Stelle treten, obwohl er mir bereits offenbart hat, dass dies außerhalb meiner Möglichkeiten liegt.

Nach diesem Ereignis, das meine Existenz bewahrte, erhielt ich gefühlt endlose Belehrungen. Natürlich war mir bewusst, dass ich mich niemals in diese Gefahr hätte begeben dürfen. Ich wusste, dass dies absolut sinnlos gewesen ist. Auf einer rationalen Ebene wusste ich dies schon zuvor. Und aus diesem Grund liefen die Belehrungen ins Leere. Nichts von dem, was mir die Helden scheltend beibringen wollten, war mir unbekannt. Nichts davon lehnte ich ab. Ich hatte alles bereits vor langer Zeit verstanden und akzeptiert. Und trotzdem hatte sich mein Körper bewegt. Er reagierte wie von alleine, und mein Verstand konnte ihn nicht aufhalten. Ich überlegte, ob es möglich war, dass ich erneut in diese Situation geraten könnte. Mir fiel kein Grund ein, warum dies nicht erneut passieren könnte. Genauso wenig fiel mir ein, weshalb es erneut passieren sollte. Es ergab für mich einfach keinen Sinn. Die ganze Situation war absurd. Ich könnte mich hunderte Male zurückdenken und mir vorstellen, dass es erneut passieren würde. Doch würde ich keinen Grund finden, weshalb ich so gehandelt habe oder in Zukunft erneut so handeln würde. Aber ich hatte es getan.

Es waren die nach Hilfe suchenden Augen des Jungen, den ich nicht hatte retten können, beziehungsweise den ich niemals aus der Gefahr hätte befreien können. Seine Augen bewegten meinen Körper. Seine hilfesuchenden Augen waren dazu in der Lage, meinen Körper meiner Kontrolle zu entreißen. Ich musste dies einfach akzeptieren. Auch wenn ich es nicht rational erfassen konnte, war es doch unumstößlich der Fall. Es war ein Fakt, der mir jedoch Angst bereitete. In welchen Situationen würde ich in Zukunft erneut die Kontrolle verlieren? Könnte ich mich davor bewahren? Wer war ich eigentlich?

All dies zerstreute meinen Verstand noch lange, nachdem ich mich den Belehrungen der Helden entzogen hatte. Mein Idol war bereits verschwunden, als ich mich wieder umsah, und so trottete ich nach Hause. Ich musste die Ereignisse des heutigen Tages noch ordnen und hätte damit mit Sicherheit nicht an jenem Tag abschließen können. Eigentlich, denn es geschah noch ein weiteres Ereignis. Etwas, mit dem ich am wenigsten von allen gerechnet hätte. Ich sollte jenem, von dessen Begegnung ich immer geträumt hatte, ein drittes Mal über den Weg laufen. Wobei diese Beschreibung irreführend ist. Denn er hatte, wie sich später herausstellen sollte, nach mir gesucht. So stand er erneut vor mir, der größte Held unserer Welt.

V

Er stand vor mir und sprach aus, was ich mir immer erhofft hatte zu hören. Dass er es aussprach, kam meiner größten Hoffnung gleich. Es war zwar weniger als ein Traum, aber so viel mehr als das, was ich mir tatsächlich für meine Zukunft vorgestellt hatte. Er war es – mein Idol, der größte Held dieser Zeit, derjenige, der den Himmel mit einem Hieb seiner Faust ungewollt gespalten hatte. Und er hatte mich gesucht, um es mir mitzuteilen. Er sagte mir, dass ich werden könne, wonach es mir verlange, dass ich das Leben eines normalen Menschen hinter mir lassen und hinauf zu jenen Gipfeln steigen könne, die die höchsten aller Helden erklommen haben. Ich könnte selbst zu einer jener Gestalten werden, die ich bewunderte. Noch mehr, er sagte mir, ich könne selbst das Idol werden, dem alle normalen Menschen nacheifern. Ich könnte für sie strahlen wie die Sonne und ihnen in Zukunft den Weg der Gerechtigkeit weisen. Ich sollte sein Nachfolger werden und in die Fußstapfen jenes Mannes treten, den ich so sehr verehrte.

Es war sein Angebot, und er fragte mich, ob ich es annehmen wolle. Ich konnte die Situation nicht begreifen; sie überwältigte mich, und erneut begann ich zu weinen. Doch diesmal waren es keine Tränen erstickter Ohnmacht. Diesmal begann mein Herz nicht, schmerzhaft in meiner Brust zu donnern. Das, was ich an diesem Abend erfahren durfte, war die größte Freude in meinem Leben. Ich sah, wie die Sonne im allabendlichen Rot verschwand, doch meine eigene Sonne war dabei aufzugehen. Ich würde mich aus dem

Sumpf der Normalität erheben können, das stupide, langweilige Leben hinter mir lassen. Ich würde endlich zu dem werden, wonach es mir solange verlangte. Ich würde die Fähigkeiten erlangen, mich zu entwickeln, zu wachsen und alle anderen zu übertreffen. Ich wusste zwar nicht, wie all dies vonstattengehen sollte, doch mein Vorbild stand vor mir und reichte mir die Hand, um mir jene Welt zu offenbaren, die mir bislang verborgen blieb. Natürlich würde ich diese Hand ergreifen.

Seine Augen hatten sich verändert. Ich war noch immer nicht überzeugt von seinen Augen, und es verwunderte mich, wie er – der Mann, der an der Spitze der Menschheit steht – solche normalen Augen haben konnte. Sie standen im kompletten Gegensatz zu seinem sonstigen Erscheinungsbild und seiner Funktion. Es waren weiterhin die Augen eines normalen Menschen. Das einzig Neue war ein Glanz, den ich nun in ihnen erkennen konnte. Doch dies war lediglich eine Veränderung und nichts Besonderes. Dieses Glänzen habe ich bereits bei vielen normalen Menschen wahrnehmen können. Wenn sie sich freuen, etwas Neues entdecken oder freudig in die Zukunft schauen, dann tritt dieser Glanz auf. Sollte ich dies richtig interpretieren, war es für den größten aller Helden also eine positive Angelegenheit, mir die Hand zu reichen und die Tür zu meiner wundervollen Zukunft zu öffnen. So ergriff ich seine Hand und wurde eingeführt in die Welt, von der ich seit jeher geträumt hatte. Auch wenn ich noch keine Idee davon hatte, wie ich jemals hineingelangen sollte. Doch ich musste auf ihn vertrauen – und wer könnte vertrauenswürdiger sein als das

Sinnbild für Heldentum und Gerechtigkeit?

Als ich seine Hand nahm, spürte ich die Kraft und Wärme, die von ihr ausging. Anders als seine Augen war dies tatsächlich die Hand eines Helden. Ich konnte die überwältigende Macht spüren, die in ihr lag, und obwohl sein Griff sanft und behütend war, erschauderte ich, als ich die Kraft fühlte, die tief in ihr verborgen lag. Es war ein freudiger, erwartender Schauer. Diese Hand würde mich an neue Orte führen, von denen ich immer geträumt hatte. Aber niemals hätte ich geglaubt, sie wirklich erreichen zu können. In freudiger Erwartung sahen meine feuchten Augen in Richtung meines Idols, und mein Herz klopfte wie wild.

Er lächelte, während er mir erklärte, dass ich lernen müsse, meine Sensibilität zu kontrollieren, wenn ich das strahlende Vorbild für alle werden wolle. Denn die Menschen vertrauten nur auf ein Symbol der Gerechtigkeit, wenn es den makellosen Schild gegen das Böse darstelle. Das stetige Lachen sei sein Begleiter. Es fördere den Mut der Verbündeten, sei der Hoffnungsschimmer für die Schwachen, lasse die Feinde erzittern – aber vor allem sei es eine Möglichkeit, die eigenen Schwächen zu überdecken. Denn es gebe eine grundlegende Wahrheit, die ich zu lernen hätte: Helden sind auch Menschen. Sie leben in einer anderen Welt, tun andere Dinge und haben andere Einstellungen zum Leben, doch auch sie sind mit Fehlern und Schwächen behaftet. Jeder Held nutzt eine andere Variante, dies zu überdecken und als glänzender Stern am Himmel für die normalen Menschen zu erscheinen, doch dies transzendiert sie nur scheinbar. In Wirklichkeit sind auch sie manchmal schwach und hilflos.

Trotzdem könne nicht jeder ein Held werden. Helden seien zwar normale Menschen, aber gleichzeitig anders. Es gebe verschiedene Überzeugungen, was genau den Unterschied ausmacht, und jeder Held habe diesbezüglich seinen eigenen Stil und seine eigene Theorie. Seine Überzeugung sei, dass es genau jenes Verhalten war, was ich gegenüber dem übermächtigen Feind der Gerechtigkeit demonstrierte. Mein Kontrollverlust, vor dem ich mich immer noch fürchte, war für ihn das Heldenhafteste, was er seit langem gesehen hatte. Er verkündete mir, dass er schon lange nach einer Person wie mir gesucht hatte und ich es sei, der seine Nachfolge antreten würde.

VI

Ich war so aufgeregt, als ich bei meinem Idol in die Lehre ging, um zu dem zu werden, was er symbolisiert. Ich war begierig darauf zu erfahren, was es war, nach dem ich mein ganzes Leben verlangt hatte, das aber so weit außerhalb meiner Möglichkeiten zu sein schien, dass ich es niemals zu erreichen geglaubt hätte. Es war die ewig unerfüllbar scheinende Hoffnung, die mich auf dem Pfad der Gerechtigkeit hielt – gleichzeitig wissend, dass ich niemals zu dem werden könnte, das ich begehrte. Doch nun hatten sich die Umstände geändert. Die Welt war an diesem Tag eine andere als zuvor. Vielleicht nicht für die Welt oder für ihre anderen Bewohner, aber für mich hatte sie sich grundlegend gewandelt. Alles hatte sich für mich geändert. Jener Funke der Hoffnung, der meine Gerechtigkeit und den Glauben an das Gute bewahrt hatte, war zu einer kleinen Flamme entfacht worden, die schon bald mächtig lodernd die Welt behüten wird. Und wenn dieser Tag gekommen ist, werden auch die anderen realisieren, dass sich etwas Grundlegendes an jenem Tag geändert hat. Denn es war meine Wiedergeburt, der Beginn der größten aller Heldengeschichten. So lauteten zumindest meine vor Optimismus strotzenden Gedanken.

Doch ich muss zugeben, dass die Geheimnisse der am Firmament Schillernden weit weniger spektakulär sind, als ich vermutet hatte. Ich habe sie stets dafür bewundert, dass ihr Leben so außerordentlich war. Dass die Hürden, die ich in meinem alltäglichen Leben spürte, für sie so wenig von Bedeutung schienen, dass sie sich darüber hinaus erheben konnten und die Welt in ihrer Perfektion erstrahlen ließen. Aber was ich heute weiß, ist weit weniger glorreich.

Dies ist eine so simple Wahrheit, und obwohl ich sie inzwischen verinnerlicht habe, verstehe ich sie immer noch nicht wirklich. Wenn ich jene sehe, die sich über alle anderen erhoben haben und strahlend über die normalen Menschen hinwegblicken, kann ich diese Wahrheit nicht mit ihnen assoziieren. Aber auch sie sind im Grunde normale Menschen. Auch sie haben Probleme damit, sich den alltäglichen Aufgaben zu stellen, und einige von ihnen scheitern daran, weil sie es versuchen. Die meisten lagern jene Aufgaben allerdings aus. Es ist eines Helden unwürdig, sich mit jenen Dingen des Alltags herumzuschlagen, in dem die normalen Bürger gefangen sind. Sie müssen als Superlative leben und haben nicht die Zeit und Energie, sich mit belastenden schlichten Hürden herumzuquälen. Ihre alltägliche Arbeit wird zur Arbeit anderer, und der Erfolg gibt ihnen die Ressourcen und die Rechtfertigung auf diese Art zu verfahren. Sie teilen mit uns normalen Menschen die Probleme, doch sind sie von uns so weit entfernt, dass wir ihr Strahlen nur als Reflexion in weiter Ferne ausmachen können. Sie sind für uns unerreichbar. Und dennoch müssen sie normal sein. Doch dies gilt es zu überdecken. Nicht nur die normalen Menschen sollen dies nicht erfahren, denn dann könnten sie aufhören, jene zu bewundern, die sich erhoben haben. Sondern auch die Helden selbst sollten nichts von ihrer Schlichtheit wissen, denn sonst könnten sie wohl kaum die gerecht strahlende Sonne am Himmel sein, der den normalen Menschen Mut und

Bewunderung schenkt. Aber ich bin mir nicht einmal sicher, inwiefern es nötig ist, dies zu überdecken. Denn ich denke nicht, dass ich es wirklich begriffen habe. Ich habe zwar das Prinzip verstanden und inzwischen sogar selbst erfahren – aber obwohl ich mich inzwischen weit über den Stand eines Normalen hinausbegeben habe, assoziiere ich mich mit meinem früheren Ich. Noch immer stehe ich staunend vor den Lichtgestalten dieser Welt und kann kaum glauben, welch unfassbare Persönlichkeiten sich nun um mich versammeln. Für mich sind sie die Sonne am Tag und die Sterne in der Nacht. Sie sind notwendig für den Erhalt unserer Welt; sie wärmen mein Herz und weisen mir mittels ihres strahlenden Glanzes den Weg in der Dunkelheit.

Ja, heute bin auch ich einer von ihnen. Nicht nur einer, sondern der größte und strahlendste aller Helden. Ich bin der erste Verteidiger der Gerechtigkeit und setze mein Leben ein, um die normalen Menschen zu beschützen und die Gerechtigkeit zu erhalten, die unsere Welt zusammenhält. Ich, der einst der Normalste der Normalen war, bin heute das Sinnbild für Stärke und das Idol für die Menschheit. Zugleich fühle ich mich den anderen Helden noch immer unterlegen. Obwohl ich verstanden habe, dass nichts der Macht gleichkommt, die ich von meinem Meister geerbt habe, kann ich dies nicht fühlen. Ich bin noch immer der Normale, müsste ich mich noch mit den alltäglichen Aufgaben beschäftigen, so wären diese mir zu viel. Doch auch ich gönne mir den Luxus der Helden, diese Aufgaben auszulagern. Natürlich funktioniert es nicht mit allem, denn einige Dinge müssen wir in uns selbst bearbeiten. Doch es gibt viele Mühen des Alltags, die heute für mich übernommen werden. Ich bin unfassbar dankbar dafür, denn nur dies eröffnet mir die Möglichkeiten, mein volles Potential zu entfalten. Nur durch diesen Umstand kann ich mich über alle anderen erheben und derjenige sein, der durch die auf ihn gerichtete Bewunderung den Frieden und die Gerechtigkeit erhält.

Um ganz ehrlich zu sein, bin ich mir heute jedoch gar nicht mehr sicher, was der Begriff Gerechtigkeit bedeutet. Eigentlich war er für mich schon immer überhöht und aufgeladen vom Glanz der Helden, und da ich ihn nie greifen konnte, war er letztlich leer. Aber ich habe Angst, darüber tiefgründiger nachzudenken. Denn nun bin ich es, auf den die Menschen sich verlassen. Und auch wenn meinen Augen der Glanz eines echten Helden fehlt und man weiterhin meine Gewöhnlichkeit in ihnen erkennen kann, bin ich doch ihr Symbol. Ohne mich würde diese Welt vielleicht kollabieren und in sich zusammenfallen.

VII

Wer bin ich, dass ich diese Welt zu stabilisieren in der Lage bin? Ich sagte bereits, dass für mich der Begriff, den ich nun symbolisiere, leer ist. Was bedeutet Gerechtigkeit? Und wer bin ich? Je länger ich darüber sinniere, desto undeutlicher erscheint es mir. Desto größer wird die Furcht davor, was sich wirklich hinter der Gerechtigkeit dieser Welt verbirgt und wer ich damit wirklich bin. Ich denke, meine Furcht, dies in Erfahrung zu bringen, ist zu groß, als dass ich es mir selbst jemals erlauben würde, hinter den Schleier der Unwissenheit zu blicken. So werde ich weiterhin die Last unserer Zivilisation schultern, ohne überhaupt zu verstehen, was dies bedeutet. Dieses stumpfe Gefühl der Taubheit, das mein Leben bestimmt, belastet stetig meinen Verstand. Es dröhnt, verursacht Schwindel und erschwert es mir, schlichtweg zu sein. Glücklicherweise habe ich die Prozesse des Heldendaseins bereits früh internalisiert und automatisiert. So stellt es kein Problem für mich dar, die Anforderungen, die an mich gestellt werden, zu erfüllen. Dennoch belastet es mich stetig, und ein nicht nachlassender Druck liegt auf meiner Seele.

Meine Vorstellung davon, wie es sich anfühlt, ein Held zu sein, unterscheidet sich so stark von dem, wie sich nun meine Realität gestaltet. Ich hatte gehofft, ich könnte in dem Rausch existieren, den ich empfand, als ich früher die Helden bewunderte. So hatte ich mir mein Gefühlsleben als Held stets pompös, strahlend und berauschend vorgestellt. Und zu Beginn war es dies auch, daran besteht kein Zweifel. Die ersten

Schritte waren das Großartigste, was ich jemals erlebt hatte. Im Rausch der Kraft, Macht und Verantwortung, sowie in der Überzeugung, stets das Gute und Richtige tun zu wollen, war mein Gesicht jeden Tag von einem strahlenden Lächeln gezeichnet, und meine Welt war klar und wolkenlos. Doch mit der Zeit begann das Neue, an die Stelle dessen zu treten, was einst mein Alltag war. Sowohl die Gefahr als auch das Heroische und die Bewunderung der anderen gegenüber meiner Person wurden zu meinen täglichen Begleitern. Sie begannen, meinen Alltag zu definieren, und bestimmen diesen noch heute. Das Außergewöhnliche wurde zum Alltag, und somit ist es heute gewöhnlich. Nachdem ich so viele Mühen auf mich genommen hatte, um der Normalität zu entfliehen, bin ich zu jenem aufgestiegen, der über allen anderen die Gerechtigkeit verteidigt – was auch immer dies wirklich bedeutet. Und trotzdem bin ich wieder in der Normalität angelangt. Heute ist für mich normal, was mir früher als unerreichbar erschien. Heute langweilt und belastet mich, was für mich früher den Glanz und das Größte aller Ziele darstellte. Dort, wo früher meine Fantasie und Hoffnung nach dem Schönen, Erhabenen, Heroischen strebten, steht nun die Erkenntnis, dass die gesamte Welt einen Kreislauf der Langeweile darstellt, die mich so stark belastet, dass sie mich hinunterzieht und ich kaum atmen kann. In all der Ödnis liegt es trotzdem an mir, anderen die Illusion zu schenken, dass es etwas gäbe, das dieser Welt zu einer Schönheit verhilft, die ich nicht zu erkennen in der Lage bin. Ich bin hier, um ihnen Hoffnung zu schenken. Und so arbeite ich weiter, als größter aller Helden, der durch die

Last des Alltags und der Normalität erdrückt wird, um anderen jene Hoffnung nicht zu nehmen, die mich einst in meinen Träumen begleitete.

So arbeite ich hart, um meinem Status als größter aller Helden, als stärkster Schreiter für die Gerechtigkeit und als Symbol des Friedens gerecht zu werden. Die Schurken erzittern vor meinem Namen, die Helden streben mir nach, und die Normalen bewundern mein Dasein. Doch ich beginne, den ganzen Prozess in Frage zu stellen. Aus welchem Grund lohnt es sich, die Struktur dieser Welt zu erhalten, dir mir lediglich Last, Langeweile und Arbeit beschert? Sollten wir nicht die Struktur grundlegend verändern, sodass es möglich ist, andere Dinge zu empfinden als diese stetige Monotonie? Was sind die Ideale, nach denen wir unsere Welt strukturiert haben? Ist unsere Gerechtigkeit gerecht und erstrebenswert? Ich kenne die Antwort auf diese Fragen nicht und weiß auch nicht, ob ich sie jemals finden werde. Vielleicht sollte ich dies nicht hinterfragen und die Gegebenheiten akzeptieren, denn das System scheint ja zu funktionieren. Vielleicht bin ich der einzige, den es zu belasten scheint, und das, was ich mir als Schein einbilde, ist für die anderen Realität. Wenn sie in einer Realität leben, die lebenswert ist, dann ist meine Existenz es vielleicht doch wert, so fortgeführt zu werden. Wenn ich als Symbol weiterexistiere, dann bereichere ich vielleicht das Leben anderer und kann dafür sorgen, dass ihr Wohlergeben behütet wird. Vielleicht bin ich der Einzige, der die monotone Langeweile auszuhalten versucht, und für die anderen ist das Leben ein Genuss.

Doch mir fällt nicht ein, wie ich dies in Erfahrung

bringen könnte. Denn als Hüter der Ordnung würde es äußerst irritierend auf die Menschen wirken, würde ich sie danach fragen. Ich kann sie nur beobachten und versuchen, daraus meine Schlüsse zu ziehen. Doch seitdem ich aus der Normalität transzendiert bin, bin ich anderen Menschen noch ferner, als ich es ohnehin schon war. Um ehrlich zu sein, fällt mir nun erst auf, dass ich mich schon früher von ihnen zurückgezogen habe. Damals aus Angst, sie könnten erkennen, wie sehr mich meine eigene Existenz belastet. Heute aus der Notwendigkeit heraus, dass sie niemals in Erfahrung bringen dürfen, wer und wie ich wirklich bin.

VIII

Was ist es, das Menschen fort von der Gerechtigkeit treibt? Damals, als ich mein Idol und seine Ideale bewunderte, wäre es mir nie in den Sinn gekommen, in eine andere Richtung zu blicken als in die des strahlenden Lichtes, das unsere Gesellschaft zusammenhält. Heute bin ich orientierungslos – und trotzdem würde ich mir niemals anmaßen zu entscheiden, dass jene Struktur, die wir seit Generationen konstruiert, verfestigt und verteidigt haben, einer neuen weichen müsste. Um über ein neues System nachzudenken, fehlt mir die Fantasie; und wie könnte ich beurteilen, ob ein anderes besser geeignet wäre als das jetzige? Auch habe ich bislang von keinen sinnvollen Ideen gehört, die an jene Stelle treten könnten. Reformationsvorschläge existieren natürlich in der Bevölkerung, und langsam bewegt sich unsere Welt in neue Richtungen, angepasst an die neuen Umstände und Entwicklungen. Aber jede Revolutionsidee, die ich bislang vernommen habe, war gefüllt mit übereiferndem Idealismus, bis hin zu Wahnsinn. Die Idealisten erzählen in übersprudelndem Eifer von ihren fixen Ideen, doch die Wahnsinnigen landen irgendwann auf der anderen Seite, fernab der Gerechtigkeit.

Früher einmal dachte ich, dass nur Gierige und Machthungrige oder von der Gesellschaft Verachtete und Ausgestoßene in den Reihen der Schurken landen. Aber jene Wahnsinnige sind es, die tatsächlich mein Interesse geweckt haben. Ihre Augen glänzen in einem Maß, wie ich es zuvor nie gesehen hatte. Sie wollen die Struktur unserer Welt verändern und brennen dafür. Ihr Weg ist dabei gepflastert mit Blut und Tod, und Gewalt ist ihre Sprache. Ich bin derjenige, der ihnen Einhalt gebietet und ihren Vorhaben ein Ende bereitet. Und doch beneide ich sie. Ich beneide sie um das Feuer in ihren Augen, das ihnen einen unglaublich inspirierenden Glanz verleiht. Ihr Weg mag der des Wahnsinns sein, aber ihre Seele ist erfüllt von Inspiration. Wenn ich hingegen in den Spiegel blicke, dann sehe ich nur die stumpfen, traurigen, leeren Augen eines aus der Normalität stammenden, inspirationslosen Konformisten, der nicht dazu in der Lage ist, aus seiner eigenen Welt auszubrechen und die Welt mit kritischer Neugier immer wieder neu zu entdecken.

Es ist erschreckend. Wenn ich in die Augen meiner Mitstreiter blicke, sind sie zwar anders als meine, aber dennoch nicht so faszinierend wie die Augen unserer Feinde. In den Augen meiner Mitstreiter strahlt auch etwas. Es ist das Heldenhafte jener Auserwählten, die für Gerechtigkeit kämpfen. Der Stolz auf ihre Kraft und auf die Ideale, die sie zu verteidigen versuchen, strahlt aus ihrer gesamten Erscheinung und beeindruckt die Normalen. Nur weil meine Mitstreiter dies leben können und ihren Gefühlen in diesem Maße Ausdruck verleihen, kann die Struktur unserer Gesellschaft gewahrt bleiben. Wäre ich, der an der Spitze dieser Helden steht, der einzige, so würde die Illusion zerbrechen, die um mich herum geschaffen wurde. Wäre ich der einzige, so würde mir kein Normaler folgen, auch wenn ich die Macht besitze, um die Welt aus den Fugen zu heben.

Die Augen unserer Feinde jedoch haben einen ganz

eigenen Glanz. Verglichen mit uns Helden, erscheint dieser frei von jener Arroganz, die man in der Regel mit Stolz gleichsetzen kann. Sie wollen verändern, wollen kreieren, streben nach Neuem und einer anderen Gerechtigkeit dieser Welt. Und auch wenn diese dem Wahnsinn entspringt, komme ich nicht umhin zuzugeben, dass sie mich fasziniert. Ich träume sogar davon, wie es wohl wäre, könnte ich einen solchen Glanz in meinen Augen entfachen. Aber dazu wird es wohl niemals kommen. Ich reagiere automatisch auf das Ideal, nach dem ich seit meiner Kindheit strebe. Mein Körper gehorcht nicht mehr meinen Gedanken, wenn ich mich in die Gefahr stürze, sondern strotzt nur so vor ungestümem Heldentum. Außerdem erkenne ich den Wahnsinn, wenn ich darüber nachdenke, wovon sie sprechen, und ihnen bei ihren Taten zusehe. Wie sollte eine gerechte Welt auf Zerstörung basieren? Natürlich würde man, wenn die alten Strukturen derart abartig sind, diese einreißen und beseitigen müssen. Doch sind die Mittel, die man dazu benutzt auch ein Ausdruck dessen, wonach es einem letztlich verlangt. Und wenn ich mir ansehe, wie jene dem Wahnsinn verfallenen Verbrecher versuchen, der Welt ihren Willen aufzudrücken, dann verlangt alles in mir danach, sie aufzuhalten und die Menschen vor diesen Aussätzigen zu schützen. Letztendlich strebe ich danach, diese Schurken vor sich selbst zu bewahren. Denn die Zerstörung, die sie verursachen wollen, würde auch ihnen schaden.

IX

Ich denke, der Grund, weshalb ich noch am Leben bin, liegt weder in den Automatismen, die ich entwickelt habe, noch in der Gleichgültigkeit, die mich den Großteil meines Lebens gefangen hält. Es sind die wenigen Momente, in denen ich beides ablegen kann und mich fühle, als wäre ich größer, als ich es eigentlich bin. Freude, Glück, Leichtigkeit, Freiheit und das unbedingte Gefühl, diese Emotionen mit der Welt zu teilen, sind die Essenz, die mich darauf hoffen lässt, jene kurzen Momente wiederholen zu können. Diese Momente, in denen es vollkommen egal ist, an welcher Position in der Hierarchie ich mich befinde. In denen ich mir keine Gedanken darüber mache, wie ich von der Gesellschaft wahrgenommen werden könnte. In denen die Musik aus meinem Herzen erklingt und ich einfach nur glücklich bin, ohne dies zu hinterfragen.

Ich muss dir dankbar sein, mein Meister mit den gewöhnlichen Augen. Du hast es mir ermöglicht, Dinge zu entdecken, die ich ohne die Macht, die du mir vererbtest, niemals hätte sehen können. Aber nicht nur dir muss ich dankbar sein, sondern auch jenen, die mich auf meinem Weg begleiteten. Jene Helden, die mit stolz geschwellter Brust ihr Ideal verteidigen. Ihr haltet diese Gesellschaft aufrecht und riskiert täglich euer Leben – genauso, wie es wahre Helden eben tun.

Ihr alle ermöglicht es mir, mein armseliges, monotones, absurdes Leben an der Spitze zu führen. Dieses Leben, das mir meist so schwerfällt, dass ich es kaum aushalten kann. In dem ich meist nur wartend verharre, bis eine Situation eintrifft, die ich als lebenswert erachte, in der meine Emotionen befreit in den Himmel hinauffliegen und die ganze Welt umspannen. Dass ich dieses Glück nun endlich wieder erfahren kann, ist euch zu verdanken. Ihr Lehrmeister und Helden, die mich stets begleitet und aufgerichtet haben, wenn ich am Boden war. Aber auch jedem anderen Menschen, der mir die Notwendigkeit vermittelt hat, für ihn da sein zu müssen. Oder jene Menschen, die für mich schuften, sodass ich der Normalität entkommen kann. Ihr alle, ihr Helden und Normale, seht nun zu, wie ich mich erhebe. Denn nichts Geringeres steht auf dem Spiel als das Ende unserer Zivilisation. Und während ihr zitternd bewundernd eure Hoffnung auf mich richtet, bin ich es, der an erster Stelle jene Welt verteidigt, von der ich immer noch nicht weiß, ob sie es wert ist, erhalten zu werden.

Doch all dies ist nun vollkommen irrelevant. Denn du stehst mir gegenüber. Du Feind dieser Welt, der aus dem Hass auf unsere Gerechtigkeit heraus geschaffen wurde. Dein Hass ist es, der dich nach Kräften hat streben lassen, die den meinen ebenbürtig sind. Ich bin nicht mehr allein an der Spitze, sondern habe einen Konkurrenten erhalten, der dazu fähig ist, mit mir mitzuhalten. Dein Hass strahlt gemeinsam mit deinem Wahnsinn aus deinen Augen, und ich spüre deinen Durst, der nach Zerstörung trachtet. Du willst alles einreißen. Die Normalität, die Helden, den Stolz, die Gerechtigkeit, die Emotionen. All das willst du vernichten und eine Welt schaffen, in der dein Leiden endlich unnötig ist. Doch ich stehe dir im Weg, und so symbolisiere ich für dich alles, was du beseitigen willst. Ich bin es, der durch deinen unermesslichen Hass niedergestreckt werden soll. Du forderst mich heraus und lässt die Erde durch deine Macht erbeben. Um dich herum verzerrt sich die Realität; du löschst alles aus, womit du in Berührung kommst, und lässt alles zerfallen. Denn alles ist es, was du hast. Doch eine Sache kannst du nicht zerstören. Und diese stellt sich nun schützend vor die Welt, die du in Schutt und Asche sehen willst.

Ich bin hier, um deinen Hass aufzufangen. Mein Herz schlägt wild, und ich verstehe, weshalb mein Körper oft fremdgesteuert agierte. Es ist meine intrinsische Liebe zur Welt, mit der ich verbunden bin. Für gewöhnlich ist diese bis zur Unkenntlichkeit mit dem Gefühl der Bedeutungslosigkeit, Sinnlosigkeit und Mühe überlagert. Doch nun, da mein Leben jeden Moment enden könnte, fühle ich sie. Die Liebe zur Welt und zu allen Dingen in ihr. Wir alle sind eins, wie mir leider zu selten bewusst wird. Zumeist fühle ich mich getrennt von euch anderen, und auf gewisse Weise bin ich dies ja auch. Ich stehe oben an der Spitze, und wenn ich mich zu euch begeben will, muss ich mich hinunterbücken und auf euer Niveau herablassen. Doch so sehr ich diesen Umstand hasse, so sehr liebe ich ihn auch. Ich bin ein Teil von euch, und ihr seid ein Teil von mir. Niemand kann ohne den anderen, und unsere ganze sinnlose Welt ist nur ein Produkt der gegenseitigen Abhängigkeit. Deshalb bist auch du unweigerlich mit mir verbunden, du Feind unserer Gesellschaft, unserer Zivilisation, des Lebens. Wir alle sind dafür verantwortlich, dass du so geworden bist. Wir haben dich erschaffen, du von Hass zerfressener Feind. Es treibt mir die Tränen in die Augen, wenn ich dich sehe. Ich will dich retten, während du versuchst, mich zu vernichten. Ich strecke dir meine Hand entgegen, während du versuchst, sie zu Staub zerfallen zu lassen. Dabei forderst du mich auf eine Art heraus, die ich nie für möglich gehalten hätte. Du bist mir wahrlich an Macht ebenbürtig. Ich danke dir dafür, dass du mir diesen Moment in meinem Leben bescherst, auch wenn es mein letzter werden könnte. Ich will sowohl diese Momente genießen, als auch dich aus deinem Kreislauf des Hasses befreien und dir offenbaren, dass du ebenso wenig einsam sein kannst wie der Rest von uns. Auch wenn wir beide vollkommen alleine zu stehen scheinen, werden wir uns doch niemals lösen können. Denn dies ist nicht, wie diese Welt beschaffen ist.

X

Einsamkeit... das ist unser Thema, richtig? Du und ich sind wohl nur zwei der unzähligen Beispiele von uns Menschen. Ich denke, wir haben alle damit zu kämpfen. Zumindest erscheint es nach meiner inneren Logik so. Natürlich ist es auch möglich, dass nur wir zwei Idioten uns damit herumschlagen, da wir die Konflikte und Ambivalenzen, die uns das Leben bietet, nicht auszuhalten gewillt sind. Für mich ist es unbegreiflich, wie man dieses Paradoxon aushalten könnte, ohne stets in Gefahr zu sein, dem Wahnsinn zu verfallen, so wie es mit dir geschehen ist. Es ist wohl kein Wunder, dass mindestens einer von uns zweien diesen Pfad beschreiten musste – stehen wir doch darüber hinaus an exponierter Stelle in dieser Gesellschaft oder empfinden es zumindest so und bekommen es aus dem Umfeld so bestätigt. Ich möchte gerne imstande sein, die Ambivalenzen dieser Wirklichkeit zu akzeptieren. Bislang schaffe ich es lediglich sie auszuhalten, aber ich bin nicht bereit, sie zu verinnerlichen und als einen Teil des Lebens anzuerkennen. Sie erscheinen mir schlichtweg als zu traurig, als dass ich glauben wollen würde, dass unsere Realität tatsächlich so beschaffen ist.

Wir sind immer allein, und gleichzeitig können wir nie alleine sein. Ich empfinde diese Einsicht als so brutal, dass ich sie kaum aushalten kann. Ich hörte einst den Satz, dass jedes Lebewesen für sich allein sterbe, doch tatsächlich leben wir auch allein. Wir sind niemals dazu in der Lage, unser Inneres mit einem anderen zu teilen. Wir sind niemals dazu imstande, das

Innere eines anderen zu sehen. Wir sind stets getrennt und leben in dieser stetigen Unsicherheit, in der wir uns lediglich einbilden, wir könnten einander verstehen. Doch in Wahrheit können wir dies nie. Wir erhalten niemals wirklich Einsicht in eine andere Person. Wir bleiben immer nur bei uns selbst.

Wenn diese Seite der Realität das wäre, was uns auszeichnet, so wäre ich in der Lage, damit klarzukommen. Wenn dies unsere Wahrheit wäre, dann würde von uns verlangt, zu egoistischen Narzissten zu werden und unser Leben auf uns zu fokussieren. Ich denke, dass jene Menschen, die sich mehr oder weniger extrem diese Wahrheit als ihre Handlungsmaxime zu eigen gemacht haben, sich eben auf den Teil der Realität konzentrieren, der sie gerechtfertigt zu Narzissten werden lässt. Wenn man diese Seite der Wahrheit verstanden hat, wäre es unlogisch, nach etwas anderem zu streben als seinem eigenen Vorteil und Wohlbefinden. Uns allen wäre bewusst, dass wir uns gegenseitig nur als Werkzeuge und Mittel zum Zweck betrachten. Der stete Argwohn in all unseren Handlungen wäre unser Partner, und wir würden keine Moral ausbilden, denn jeder von uns wüsste, dass Moral nur ein scheinheiliges Lügenkonstrukt ist. Je weiter wir auf der Seite der Einsamkeit stehen, desto amoralischer ist unser Verhaltensmuster. Desto eher identifizieren wir Moral als eine Lüge, desto egoistischer sind unsere Handlungsmaxime und desto mehr benutzen wir Menschen als Werkzeuge und betrachten sie mit Argwohn. Wie gesagt, wenn es nur diese Einsichten wären, so könnte ich mich damit arrangieren. Doch es ist die Ambivalenz der Realität, die mich stets am

Abgrund des Wahnsinns wandeln lässt.

Denn dies ist eine sehr einseitige Betrachtungsweise. Ich habe bereits erwähnt, dass wir niemals allein sein können. Wir sind immer unweigerlich mit unserem Umfeld verbunden. Selbst, wenn wir unser Inneres nicht teilen können, sind wir unfähig, das Innere der anderen nicht zu beeinflussen, sobald wir mit ihnen in Kontakt treten. Zugleich ist es uns nicht möglich, uns von ihnen abzuschirmen. Wir können uns selbst nicht davor bewahren, von ihnen verändert zu werden. Denn alles, was wir sehen oder hören, beeinflusst uns, verändert uns, und wir werden niemals so sein wie zuvor. Selbst, wenn wir versuchen sie abzulehnen, wäre diese Ablehnung nicht nötig gewesen, hätte es die anderen nicht gegeben, vor denen wir versuchen uns zu beschützen. Doch sie beeinflussen uns nicht nur, wir sind auch von ihnen abhängig. Niemand von uns kann allein überleben, so sehr wir uns auch einbilden, dass dies möglich wäre. Wir stehen so sehr in Abhängigkeit zu den anderen, dass jedes artifizielle Bild der Unabhängigkeit so surreal erscheint, dass wir es uns nicht wirklich vorstellen können. Denn selbst in den Bildern von Einsamkeit, die wir in unserem Verstand malen und in denen wir abgeschieden der Zivilisation existieren, treten wir stets in Kontakt miteinander. Niemand kann sich auch nur vorstellen, wie es wäre, einsam und isoliert zu sein, so stark sind wir in stetiger Abhängigkeit verbunden. Wir haben unsere Prozesse der Abhängigkeit so sehr optimiert, dass es uns oft erscheint, als könnten wir allein existieren, da wir nicht mehr in direkten Kontakt mit anderen treten müssen, um von ihnen zu profitieren. Doch dies ist nur Schein, und der Profit, den wir aus ihrer Existenz schlagen, ist so transzendiert, dass wir die Menschen nicht einmal mehr erkennen können, die dafür verantwortlich sind. Jedes Essen, jeder Tropfen Wasser, den wir zu uns nehmen oder zum Waschen benutzen, jedes Produkt, das wir konsumieren, beschreibt jene Abhängigkeit, in der wir uns befinden. Wenn man sich der Einsamkeit bewusst ist, in der man sich befindet und infolgedessen egoistische Motive als Maxime seines Handels setzt, ist es kein Wunder, wenn man dem Wahnsinn verfällt. Dies verhält sich ebenso, wenn man sich der Abhängigkeiten wirklich bewusst macht, innerhalb derer wir uns befinden. Wie könnte man die Unsicherheit auch aushalten, die damit einhergeht? Wir müssen uns so stark auf das Wohlwollen anderer verlassen, da ansonsten unsere Existenz in stetiger Bedrohung wäre. Das schwarze Loch der Unsicherheit erscheint gigantisch, und es ist schier unmöglich, sich ihm zu entziehen.

Und ist es nicht das, was eben uns beide definiert? Wir kennen beide Seiten und haben uns doch dafür entschieden, eine von ihnen zu verteidigen. Ich habe die Gemeinschaft als Maxime meines Handelns gewählt. Ich bin der große Held, der für die Gerechtigkeit steht und sie mit aller Macht verteidigt. Gleichzeitig ist mir bewusst, dass diese Gerechtigkeit in Wirklichkeit hohl ist, da sie eine Einseitigkeit propagiert, die der Wirklichkeit nicht gerecht wird. Wir sind immer beides – allein und abhängig, individuell und behütet. Meine Gerechtigkeit wird dem nicht gerecht, und doch kämpfe ich für sie, um die Hoffnung und Ordnung unserer Welt zu bewahren.

Du hingegen kämpfst für das andere Ideal. Die Individualität ist die Maxime deines Handelns, und in Einsamkeit bist du dem Wahnsinn verfallen. Du denkst, dass du deine Einsamkeit damit auslöschen könntest, dass jeder die Einsamkeit als seine Maxime anerkennt und der Gesellschaft den hässlichen Spiegel dessen vorhalten könntest, was sie stetig ignoriert. Deshalb willst du ausbrechen und zerstören, denn du denkst, dass die Zerstörung der anderen das ist, was sie letztlich in Freiheit versetzt. Du willst die Abhängigkeiten vernichten, da du sie nicht ertragen kannst. Du willst du selbst sein und denkst, dass du es nicht könntest, wenn es andere gibt. Aus diesem Grund bist du nun hier und stehst mir gegenüber. Und aus diesem Grund bin ich hier, um dich aufzuhalten. Und da es zu meinem intrinsischen Ideal gehört, das ich mir durch das Leben in der Gesellschaft angeeignet habe und das so stark ist, dass es sogar meinen Intellekt überflügelt, will ich dich nicht nur stoppen, sondern retten. Ich, der nicht einmal sich selbst ertragen kann, der im stetigen betäubenden Zweifel existiert, der sich selbst zu retten nicht in der Lage ist, werde nicht akzeptieren, dass du zugrunde gehst. Vermutlich willst du das Gleiche aus der anderen Perspektive vollbringen. Du willst mich aufwecken, und so wie ich dich aus der Einsamkeit erlösen will, willst du mich von den Zwängen befreien, in denen ich gefangen bin. Ich bin mir ungewiss darüber, wer von uns beiden siegen wird, ob es jemandem gelingen wird, den anderen auf seine Seite zu ziehen und welches Resultat wünschenswert wäre. Doch für den Moment sollten wir genießen, dass wir endlich dazu in der Lage sind, auf diese Weise zu fühlen und zu verstehen. Denn der Schmerz, die Unsicherheit und die Ambivalenzen sind besser als der Zustand der Betäubung, in der wir zumeist versuchen, all diese Dinge, die unsere Existenz täglich belasten, zu ignorieren.

XI

Es ist geschehen. Ich hätte nie vermutet, dass du dazu in der Lage sein würdest, aber es ist dir tatsächlich gelungen. Du konntest meine Angriffe abwehren, und ich konnte deine Zerstörungskraft nicht ausreichend eindämmen, sodass unsere Gesellschaft ins Wanken geraten ist. Das Symbol, das ich verkörpere, hat Kratzer abbekommen, und somit beginnen die Menschen, auch am Ideal der Gerechtigkeit zu zweifeln. Vielleicht wurde es Zeit, dass dies geschieht, denn unsere Gesellschaft drohte im Stillstand zu verharren. Doch ist die Frage, ob es in diesem Ausmaß notwendig war. Denn die Risse in den gepredigten Idealen sind vielleicht so tief, dass weder ich noch einer der anderen Helden sie zusammenhalten kann. Du hast nicht die Welt geschaffen, wie du sie dir erwünscht hast, mein Erzfeind. Doch ich habe die Welt nicht so erhalten können, wie sie mir übergeben wurde. Die Saat des Zweifels ist gesät, und die Furcht hat Einzug gehalten. Da ich die Präsenz des Wahnsinns nicht eliminieren konnte, steht sie im stetigen Widerstreit mit dem Sicherheitsbedürfnis der Normalen. Selbst einige Helden beginnen zu zittern, wenn sie den eisigen Atem des sich nun erhebenden Widerstandes gegen die Gerechtigkeit vernehmen. Ihr Stolz wird einer erschütternden Prüfung unterzogen, und es wird sich herausstellen, wer von ihnen wirklich dazu in der Lage ist, seine Position in der sich nun neu strukturierenden Gesellschaft zu verteidigen.

Ich frage mich manchmal, ob all dies das Resultat davon ist, dass ich dich respektiert oder dies eben nicht getan habe. Ich wüsste zu gern, wie du es siehst. Denn aus meiner Perspektive bist du derjenige, der mir einige der schönsten Momente meines Lebens geschenkt hat – auch wenn du gegen alles stehst, für das ich als Symbol gelte. Der Kampf gegen dich hat mein Blut in Wallungen versetzt. Mein Ziel war es, dich zu bezwingen und dir schließlich die Hand reichen zu können, um dich aus deinem Wahn befreien zu können. Ich wollte der traurigen Seele das zeigen, wonach sie sich insgeheim sehnt.

Ist dies vielleicht arrogant und respektlos dir gegenüber? Wie würde ich empfinden, wenn ich an deiner statt wäre? Würde ich mein Verhalten als negativ bewerten? Es ist unmöglich, dies herauszufinden, denn wir können niemals an die Stelle einer anderen Person treten. Aber du solltest verstehen, dass dies Ausdruck meines tiefsten Respekts dir gegenüber ist. Und auch du hast nicht anders gehandelt. Du wolltest mir die Abgründe der Gerechtigkeit offenbaren und mir jene Verzweiflung und jenen Wahnsinn zeigen, den du propagierst. Wenn mein Verhalten arrogant war, dann war es deines ebenfalls. Aber ich empfinde es als den größten Respekt, wenn du mir auf diese Weise entgegentrittst. Du, der mich hinabziehen möchte in die tiefsten Abgründe des schwarzen Wahns.

Du und ich, wir sind nicht dazu in der Lage, in der Welt der anderen zu leben. Wir können die Normalität nicht akzeptieren. Natürlich verstehen wir, dass die Welt grau ist, aber unsere Seele lehnt dies ab. Die graue Masse scheint zu unbedeutend, zu beengend, zu undifferenziert, zu chaotisch, zu bedrückend... Ich habe oft versucht, in ihr zu leben, doch sie zieht mich jedes Mal wieder hinunter. Ich kann keine Schönheit darin erkennen, ein gemäßigtes Leben zu führen. Ich brauche die Extreme. Nur darin spiegelt sich für mich die Schönheit des Seins. Im Licht zu baden und an der Spitze der Welt zu stehen oder tief unten in der Dunkelheit des Abgrundes verborgen die Geheimnisse zu ergründen – dies sind die beiden Varianten, die mich verzücken. Alles andere ist nur langweilige Monotonie, die sich auf absurde Weise selbst rechtfertigen will. Natürlich finden alle Lebewesen für ihr Verhalten eine Rechtfertigung. Ich habe mit vielen von ihnen gesprochen, und sie bewegen sich immer im Spektrum des unkenntlichen, erstickenden Grau der Realität. Niemand von ihnen wagt es auszubrechen, niemand von ihnen ist dazu in der Lage, die Träume der Wirklichkeit überzuordnen. Die meisten können nicht einmal wirklich träumen, sondern verwechseln Wünsche mit dem, was meine Dunkelheit und mein Licht spiegeln.

Aber wir beide sind anders. Du und ich, wir lieben und hassen unser Sein. Wir schwanken von Schwarz zu Weiß und fürchten uns davor, im Grau unterzutauchen. Wir hoffen darauf, dass das Gefühl der Glückseligkeit ewig andauern wird, doch uns ist bewusst, dass dieser Wunsch unerfüllt bleiben wird. Unser Leid wird umso größer, so wie wir eine Situation kennen und uns nicht mehr vor ihr fürchten müssen. Also hoffe ich, dass du dich ewig weiterentwickeln wirst. Dass du immer neue Schrecklichkeiten hervorbringen wirst, derer ich mich erwehren werde. Und auch ich werde mein Bestes geben, damit du nicht im Sumpf der Langeweile erstickst. Du wirst sehen, meine Kraft wird steigen. Ich stand lange Zeit unangefochten an der Spitze, doch nun habe ich eine Motivation, mich zu entwickeln.

Ich hoffe, dass meine Hoffnung auf diesen Zustand lange bestehen bleibt und es eine Zeit lang dauern wird, bis ich dich endgültig bezwungen habe. Denn es wäre unverantwortlich und ich könnte nicht im weißen Licht scheinen und den Glanz genießen, wenn ich nicht wüsste, dass ich den Zustand der Ungewissheit beseitigen muss, um den Menschen ein normales furchtloses Leben zu gewähren. Die Welt, die du geschaffen hast, ist zwar faszinierend, aber sie wird nicht von Bestand sein. Der Moment, in dem ich dich übertreffe, wird der Moment sein, in dem die Risse verschwinden, die dein Ideal mir als Symbol der Gerechtigkeit zugefügt hat. Dabei hoffe ich selbstsüchtig, dass ich mich irre, obwohl ich mir keine Selbstsucht erlauben darf.

XII

Wie lange ist es nun her, seit deine Welt der Furcht Einzug gehalten hat? Ganze Bezirke sind heute menschenleer oder nur von wenigen Hartgesottenen, die sich niemandem beugen wollen, bevölkert. Die meisten sind in den Auffanglagern und werden dort notdürftig versorgt, während wir Helden durch die Städte ziehen, um jenen Schurken Einhalt zu gebieten, die nun ihre Welt der Grausamkeit offenbaren. Jene Fehlgeleiteten haben die Gunst der Stunde ergriffen, sich zu erheben, und so tobt ein grausamer Zermürbungskrieg dort, wo einst die normalen Menschen ihren Alltag bestritten. Ich empfinde Schuld, wenn ich in die Gesichter derjenigen blicke, die noch immer Hoffnung in mich legen. Ich, als Symbol der Gerechtigkeit, war nicht dazu in der Lage, diese Welt der Furcht und des Chaos aufzuhalten. Wenn ich in ihre Gesichter blicke, sehe ich ihren Glauben an mich und die Furcht vor der Zerstörung. Ihre Blicke belasten meine Seele, und ich bin nicht bereit, dies zu ertragen. Aus diesem Grund empfinde ich es als angenehmer, loszuziehen in jene umkämpften Bereiche und meinen Beitrag dort zu leisten. Denn lieber befinde ich mich im stetigen Kampf, als die hoffnungsvollen Blicke der normalen Menschen zu ertragen, die mich noch nicht aufgegeben haben.

Während ich dort draußen in der Welt des Chaos meine Pflicht erfülle und jenen Einhalt gebiete, die aus ihren Löchern gekrochen gekommen sind, um der Welt ihre Version von Hass und Vergeltung zu präsentieren, beginnt dieses Schauspiel, dessen Protagonist ich unweigerlich bin, in einer gewissen Monotonie zu verschwimmen. Die Gefahr ist allgegenwärtig. Die Motive meiner Feinde entspringen einem simplen Egoismus. Und niemand von ihnen ist mir im Kampf ebenbürtig. Es ist jene Monotonie, gepaart mit den Blicken der Normalen, die mich nun ruhelos umherstreifen lässt – erfüllt von einem Druck, der alles um mich herum erneut im tristen Grau der Pflicht erscheinen lässt.

Wie erwartet, scheint dies der Zyklus meines Lebens zu sein. Die Momente, in denen ich das Gefühl habe, dass es einen Wert hat, am Leben zu sein, sind rar gesät. Nur für diese Minuten, Stunden oder manchmal sogar Tage der überflutenden Emotionen möchte ich existieren. Ich bin dankbar, dass sie mir von Zeit zu Zeit vergönnt sind, und ich dürste nach ihnen. An manchen Tagen beschleicht mich allerdings die Angst, dass der letzte meiner lebenswerten Momente bereits hinter mir liegen könnte. Vielleicht verläuft der Rest meines Lebens lediglich in dieser grauen Wolke, die meinen Verstand und mein Herz benebelt. Natürlich ist mir bewusst, dass auch diese benebelte Existenz einen Wert besitzt. Das Leben an sich, so qualvoll es mir in seiner Tristheit auch erscheinen mag, ist ein Geschenk von unschätzbarem Wert. Ich bin lediglich zu undankbar und unfähig es wertzuschätzen. Eigentlich denke ich, dass dies einfach eine logische Folge menschlicher Emotionen ist. Zumindest beobachte ich Ähnliches auch bei anderen. Sie schätzen Dinge wert, die neu für sie sind. Sobald sie diese allerdings eine gewisse Zeit für sich beanspruchen und die Normalität Einzug hält, vergessen sie den Wert und die Freude, die diese Dinge ihnen einst bereitet haben. Die Spannung geht verloren, und Monotonie stellt sich ein. Dies geschieht mit Objekten, Beziehungen und auch dem Leben selbst. Manchmal schaffen es Menschen, diese Dinge wieder für sich zu entdecken und die Freude erneut hervorzurufen. Ich denke, jeder, dem dies von Zeit zu Zeit gelingt, ist beneidenswert. Aber ich bin wohl das Gegenteil dieser Menschen. Mir ist bewusst, dass es eine sehr gesunde Einstellung ist, jene Dinge wertzuschätzen, die man hat und kennt. Ich weiß, dass auch die Normalität Teil meines Lebens ist, was ein unfassbares Wunder ist, wenn man an all die Zufälle denkt, die geschehen mussten, damit es dazu kommt. Trotzdem kann ich keine Freude an dieser Einfachheit entwickeln. Ich strebe nach dem Besonderen. Dabei sind nicht die Gegensätze Einfach und Besonders, die sich hier gegenüberstehen. Tatsächlich sind es das Alte und das Neue, die eine größere Bedeutung für mich haben. Natürlich schätze ich die Vertrautheit des Alten. Hier muss ich keine Angst haben, dass Dinge geschehen, die sich meinem Verständnis entziehen, die außer Kontrolle geraten, die mich überfordern und bloßstellen könnten. Stellt euch nur vor, dass ich, das Symbol der Gerechtigkeit und die letzte Hoffnung der an mich glaubenden Menschen, meine unfassbaren Schwächen offenbaren würde.

Man könnte meinen, dass dies menschlich sei, doch als Symbol darf ich keine Menschlichkeit offenbaren. Die Menschen, die zu mir aufsehen, müssen auf meine Unfehlbarkeit vertrauen. Auch wenn ich es nicht geschafft habe, meinem Erzfeind Einhalt zu gebieten, denke ich, dass meine Unfehlbarkeit noch nicht verblasst ist. Die Menschen haben ein weiteres Wesen gesehen, dessen Macht ihren Verstand übersteigt. Meine Reputation wird restauriert sein, sobald ich ihn besiegt habe, und meine Symbolhaftigkeit wird heller erstrahlen als jemals zuvor.

Doch bis es so weit ist, werde ich die Straßen von jenen Schurken befreien, die das kurzfristige Chaos, in dem diese Welt versunken ist, zu ihrem Vorteil nutzen wollen. Ich erkenne an, dass sie dies als Gelegenheit betrachten, ihre unterdrückten Gelüste zu befrieden. Ich erkenne an, dass sie stark sein müssen, um sich in diesem Chaos zu erheben und zu behaupten. Doch zugleich sind sie unfassbar arrogant, wenn sie denken, sie könnten mir und somit ihrer gerechten Bestrafung entgehen.

XIII

Ich konnte euch nie verstehen. Um ehrlich zu sein, habe ich wohl so gut wie keinen Menschen jemals wirklich verstanden. Jeder von euch leuchtet mit seinem Charakter und seinen Ambitionen so hell und erscheint mir so verehrenswert, dass ich mich gar nicht traue, mich euch wirklich zu nähern. Deshalb halte ich euch stets auf Distanz. Ihr bleibt für mich wohl immer ein Mysterium. Nicht, dass ich nicht versuchen würde, euch zu verstehen. Ich bemühe mich, doch verhindert meine Bewunderung, dass ich euch wirklich erkennen kann. So bleibt ihr mir stetig fremd, und mein Gemütszustand variiert zwischen dem Verlangen, euch zu beschützen, und dem Bedürfnis, mich von euch zu entfernen. Ich will nicht der Einsamkeit ausgesetzt sein, die mich in diesen verzweifelten Sog zieht, der mich zu meiner für gewöhnlich irritierenden Kommunikation zwingt. Ich frage mich, ob dies ein Grund dafür ist, dass sich mein Körper von allein bewegt, wenn es darum geht, euch zu retten. Vielleicht ist es eine Mischung aus dem Ideal, das ich bereits als kleiner Junge verinnerlicht habe, und der Bedeutung, die ich eurer Existenz beimesse. Obwohl mein Verstand dem nicht zustimmt, ist es doch so, dass meine Emotionen euch als viel großartiger wahrnehmen als mich selbst. Selbst heute, da ich der größte und stärkste aller Helden bin, fühlt es sich so an, als wäre die Existenz jedes einzelnen anderen Menschen so viel wertvoller als die meine. Wobei ich nicht davon überzeugt bin, dass ich euch wirklich als so unfassbar wertvoll erachte. Vielleicht ist es eher der geringe Wert, den ich meiner eigenen Existenz beimesse.

Es ist paradox. Ich schwanke permanent zwischen den Extremen. An manchen Tagen denke ich, dass keine Existenz kräftiger zu strahlen in der Lage ist als ich in jenen Momenten, auf die ich stetig warte und in denen ich erblühe. An anderen Tagen schreibe ich allen anderen Menschen jene Großartigkeit zu. Nicht kognitiv, denn dort ist es einfach ungewiss. Aber emotional kann ich nicht umhin, sie wie mich zu betrachten. Sie sind gefüllt mit jenen positiven Aspekten, die auch mich auszeichnen, aber niemals könnte ich verstehen, dass auch sie Negativität in sich haben. Und wenn sie dies einmal zum Ausdruck bringen, suche ich nach dem Grund, der dafür verantwortlich ist. Selbst jene Gestalten, die jetzt im Chaos versuchen, ihre Vorteile zu erhaschen, erachte ich als im Grunde gutmütige Wesen, die lediglich durch unglückliche Umstände auf jenen Pfad geführt wurden. Doch im Grund seid ihr mir alle fremd und fern. Ich gebe mein Leben für euch, da mein Leben mich auf diesen Pfad geführt hat. Aber im Prinzip bin ich verloren. Ich bin euch allen so unendlich fern.

Der einzige, den ich meine zu erkennen, hat dafür gesorgt, dass sich diese Welt grundlegend neu geformt hat. Viele der Helden, die ich für so makellos stolz hielt, haben die Kritik an ihnen nicht vertragen können und sind zurückgetreten. Der Moment, in dem die Gefahr sich steigerte und die Bewunderung teilweise in Empörung umschwang, war jener Zeitpunkt, zu dem nur noch wenige von euch unbeeindruckt von den Entwicklungen am Ideal der Gerechtigkeit festhielten. Ich hoffe, ihr werdet euch an dieser

Aufgabe nicht übernehmen. Ich werde versuchen, sie allein mittels meiner unendlichen Kraft zu schultern. Doch auch ich muss anerkennen, dass ich nicht allerorts zugleich sein kann. So sehr mich dies auch stört. Es zu ändern, liegt außerhalb meiner Möglichkeiten.

Eine Sache ist jedoch verwunderlich. Ich habe zu einer einzigen Person auf dieser Welt eine Verbindung aufbauen können. Und diese Person bist du! Ich weiß nicht, ob du mir gegenüber genauso empfindest. Aber ich denke, dass du – mein Erzfeind, der wie niemand anderes danach trachtet mich auszulöschen – es mir ermöglicht hast, in dein Innerstes zu blicken. Während ich unfähig bin zu erkennen, wann ich andere Menschen herausfordere oder sie gar demütige, konnte ich bei dir erkennen, woher du stammst. Ich konnte deine Einsamkeit sehen. Während jede deiner Bewegungen darauf gerichtet war, meine Existenz auszulöschen, haben deine Augen nach Rettung geschrien.

Ich frage mich, wie lange ich noch nach dir suchen muss. Seit unserer Auseinandersetzung bleibst du versteckt. Ich suche dich unablässig, denn wenn ich unsere Auseinandersetzung für mich entscheiden kann, kann ich auch die Ambitionen der aus dem Untergrund hervorkriechenden Schurken brechen. Für mich ist es ein nicht verhandelbarer Fakt, dass unser Kampf einer Fortsetzung bedarf, um zu entscheiden, in welche Richtung sich unsere Welt entwickeln wird. Dies sind große Worte, wie sie dem größten Helden dieser Welt wohl zustehen. Aber tatsächlich benötige ich unsere Auseinandersetzung. Ich sehne sie so sehr herbei. Der Tag, an dem wir uns erneut gegenüberstehen, wird jener sein, an dem wir beide erneut das

Gefühl haben, wirklich zu leben. So sehr ich mir auch wünschen würde, allein jene Selbstlosigkeit zu besitzen, zum Wohle der Menschheit gegen dich anzutreten – in Wahrheit sind es nur meine eigensinnigen Gelüste, die dich erneut herausfordern wollen.

XIV

Es ist seltsam. Ich spüre es nicht, aber es scheint, als würde auch ich die Menschen berühren. Damit meine ich nicht jene, die mich aus der Ferne betrachten und meine Taten als Symbol der Gerechtigkeit bewundern. Natürlich beeinflusse ich ihr Leben auf eine ähnliche Weise, wie auch meines damals vom vorherigen Symbol, meinem Lehrmeister, beeinflusst wurde. Ich spreche nicht von diesen Menschen, sondern von jenen, die wirklich den Weg meines Lebens kreuzen. Ich kann sie nicht spüren. Ich fühle mich fortwährend wie ein Außenseiter, unfähig, mit mich ihnen zu verbinden. Doch vielleicht muss ich akzeptieren, dass es für sie anders ist. Sie leben nicht das gleiche Leben wie ich. Sie sind kein Extremist, wie ich es bin. Ihr Leben mag unsteter sein, aber dafür sind sie dazu in der Lage, Emotionen zu deuten und sich miteinander zu verbinden. Ich hätte nur nie gedacht, dass es auch einige von ihnen gibt, die sich emotional mit mir verbinden würden. Es muss schrecklich für sie sein, diese Verbindung aufzubauen und aufrecht zu erhalten. Ich biete zwar eine gewissen Stabilität und Verlässlichkeit, aber dafür kann ich ihnen nicht geben, was eine wahre Freundschaft bedürfte.

Tief in meinem Inneren verstehe ich diese Gedanken nicht einmal wirklich. Ich vergleiche lediglich Berichte über Freundschaft, die ich von anderen Menschen erfahren oder in ihren Geschichten lesen durfte. In der Vergangenheit habe ich versucht, heroisches freundschaftliches Verhalten, wie ich es in epischen Geschichten kennengelernt hatte, zu imitieren. Leider hat es nicht funktioniert, wie ich es erhofft hatte, und das einzige Resultat, das ich hervorrief, war Irritation. Ich hätte gern jene Verbindungen gespürt, von denen ich in Geschichten gelesen habe. Sie erscheinen mir so rein und vollkommen. Nicht, dass sie perfekt wären. Nicht einmal im Ansatz. Freundestreiten sich über Dinge, bei denen ein Konflikt sinnlos wäre, würden sie wirklich miteinander kommunizieren. Jedoch bevorzugen sie es, ihre verworrenen Wege zu gehen und sich dadurch unnötig zu verunsichern und zu verletzen. Aber sie sind dazu in der Lage, sich diese Verletzungen zu verzeihen. Sie können die Verletzungen ertragen, fühlen sich gekränkt und schaffen es, sich ohne ausführliche Diskussionen gegenseitig zu akzeptieren, anzuerkennen und miteinander befreundet zu bleiben. Für mich erscheint all dies unverständlich. Ich verstehe nicht, wie sie ihren Groll beiseitelegen können, ohne sich richtig auszusprechen. Wie schaffen es Menschen, sich zu verstehen, ohne sich zu erklären? Ich weiß nicht, ob ich es jemals wirklich akzeptieren kann. Denn aus welchem Grund sollte ein solches Verständnis bestehen? Ich denke, die Menschen bilden sich dies nur ein und erzählen sich heroische Geschichten. Oder?

Aus irgendeinem Grund ist genau dieses Verhalten normal, und mein Verlangen, die Motive in Erfahrung zu bringen, ist den Menschen fern. Sie wollen keine Missverständnisse aufklären. Sie wollen ihre Geheimnisse bewahren. Ist es vielleicht so, dass die Menschen – ganz anders, als von mir erhofft – in ihrem Inneren keine edlen Wesen sind, die nur, wenn sie auf ihrem Pfad irren, in die Dunkelheit getrieben werden können? Sind ihre Seelen vielleicht schon immer dreckig und verdorben?

Ich weiß, dass meine Gedanken sich fortwährend widersprechen. Dies liegt wohl an meiner Spaltung zwischen Geist und Emotionen. Ohne sie wirklich wahrzunehmen und verstehen zu können, sind sie doch stetig bei mir, meine Gefühle. Ich versuche, sie mir zu erklären, aber natürlich sind meine Erklärungen unvollkommen. Wenn ihr also denkt, dass ich mir selbst widerspreche, wundert mich das nicht. Für mich ist das alles verständlich, aber natürlich könnt ihr nicht in mich hineinblicken. Selbst, wenn ich denke, dass ich in meiner Unbeholfenheit wie ein offenes Buch für jene sein dürfte, die auch nur ein wenig Menschenkenntnis besitzen. Doch zugleich werde ich sie mit meinen Aussagen und Aktionen vor den Kopf stoßen. Denn diese dürften nicht mit dem zusammenpassen, was sie erkennen. Sie bemerken meinen Ärger, meine Wut, meine Freude, meine Begierde. Doch ich erkenne alle diese Dinge nicht. Mein Körper reagiert auf sie, aber mein Verstand befiehlt den rechten Weg. Jenen Weg, den ich bereits als Kind als den meinen auserkoren habe. Den Weg eines Helden.

Aber nun bin ich hier, am Ende meiner Kräfte. Ich kann mich kaum aufrecht halten, während ich den Schurken Einhalt gebiete. Ich kann mir keine Pause gönnen, da es von ihnen so viele gibt und die Zeit der Helden sich dem Ende zuzuneigen scheint. Es besteht ein Ungleichgewicht zwischen ihnen und uns. Deshalb ist es an mir, der die größte aller Mächte geerbt und weitergebildet hat, dem Einhalt zu gebieten. Ich muss ausgleichen, was ich nicht auszuhalten imstande war, und korrigieren, was ins Ungleichgewicht geraten ist.

Nun steht ihr vor mir, ihr großartigen stolzen Helden. Wenn ich es richtig deute, sind wir wohl Freunde – obwohl ich nicht weiß, was eine emotionale Freundschaft bedeutet. Ich kenne nur dieses oberflächliche Wort, das die Menschen beschreibt, die meine Präsenz von Zeit zu Zeit auszuhalten in der Lage sind und daher Zeit zu meinem Wohlbefinden mit mir verbringen. Doch diese Menschen erzählen mir tatsächlich, dass sie gekommen sind, um mich zu retten. Ich erkenne ihre heldenhaften Motive zwar an, aber kann ihrer Bitte nicht nachkommen. Obwohl meine zur Neige gehen, ist es an mir, das Ideal der Gerechtigkeit an vorderster Front zu verteidigen. Ich muss eure Bitte also leider ablehnen, ihr fabelhaften stolzen Helden.

XV

Ich habe euch wohl übersehen und nicht anerkannt. Ihr wart stets an meiner Seite, aber aus Furcht davor, meine eigene Unzulänglichkeit offenzulegen, habe ich euch nicht beachtet. Ich habe durch euch hindurchgesehen, war unfähig, euer Wesen zu erfassen. Ich dachte so lange Zeit, ich wäre weit hinter euch zurück; doch tatsächlich habt ihr euch stets darum bemüht, mit mir Schritt halten zu können. Ihr wart diejenigen, die mich so sehr eingeschüchtert haben, dass ich mich aus meiner Angst kaum lösen konnte. Doch anscheinend war mein Wunsch, mit euch mitzuhalten, so groß, dass ich gar nicht realisieren konnte, dass ich euch bereits seit langem überflügelt hatte.

Nun denke ich anders. Ich habe anerkannt, dass meine Kraft der euren überlegen ist, und aus diesem Grund ist es nun an mir, euch zu beschützen. Doch ihr wollt dies nicht akzeptieren. Ihr seid anders als diejenigen, die sich schutzbedürftig in unsere Obhut begeben. Ihr seid dazu bereit, über eure Grenzen hinauszugehen und dabei alles zu opfern. Aber wofür?

Ich habe nicht erkannt, dass ihr stetig euren Ambitionen gefolgt seid. Ich nahm an, so weit weg von euch zu sein, dass ich schon lange aus eurer Sicht entkommen sei. Doch tatsächlich hat dies euch angetrieben. Ihr habt mich nicht entschwinden lassen, sondern versucht weiterhin zu mir aufzuschließen. Eure Ambitionen beeindrucken mich. Jetzt, da ich sie erkenne, hoffe ich, dass ich sie wirklich zu begreifen und wertzuschätzen imstande bin. Ich hoffe, dass ich euch sehen und eure Leistungen anerkennen kann.

Ihr habt es geschafft, meinen Weg zu unterbrechen. Ihr habt mir aufgezeigt, wo meine Fehler liegen. Mir ist bewusst, dass ich Ruhe benötige, aber ich weiß nicht, wie jemand anderes jene Aufgaben bewältigen sollte, die vor mir liegen. Doch ihr zwingt mich dazu, mich zu schonen. Ihr zwingt mich, meine Ideale ruhen zu lassen.

Ich war so verbissen in meinem Inneren, dass ich nicht mehr erkennen konnte, was ich bin und was von außen auf mich einwirkt. Es ist ohnehin nicht leicht, dies zu unterscheiden, und im Endeffekt sind wir alle abhängig von der Außenwelt und stets von ihr beeinflusst. Zu einem viel größeren Ausmaß, als es uns bewusst ist. Doch ich habe dies als Ausrede benutzt, um nicht mehr ich selbst sein zu müssen. Um mich nicht vor mir selbst rechtfertigen zu müssen und einfach anzunehmen, dass ich nichts weiter bin als eine verlorene Existenz in der Masse. Dies ist zwar grundlegend nicht falsch, diente jedoch lediglich als Ausrede für mein Versagen, mich selbst anzuerkennen und zu verstehen, dass meine idealisierten Vorstellungen nur mein Leben bestimmen und beschweren. Es sind keine Wahrheiten, sondern sie sind lediglich ein Traum. Dieser Traum ist zu schwer für andere Menschen. Wenn sie bemerken, dass ich ihm folge, zieht er sie herunter. So hilflos ich mich fühle, wenn ich diesen Realisten, den Leidenschaftlichen, den Normalen begegne, müssen sie sich mir gegenüber umso hilfloser fühlen, wenn sie erkennen, wer ich bin.

Vielleicht ist dies der Grund, weshalb mir Anerkennung von den Menschen, die mich umgeben, immer verwehrt blieb. Meine Ideale sind für sie nicht auszuhalten, nicht sichtbar, nicht realistisch, vielleicht unmenschlich. Die Art und Weise, wie ich mich selbst zur Geisel meiner Ideale mache, scheint für sie unverständlich. Doch für mich bedeutet es die Erfüllung meiner Träume. Vielleicht lasten meine Träume auch zu schwer auf mir selbst. Wahrscheinlich sind sie der Grund für mein schweres Atmen und das Gefühl, niemals genug sein zu können und vor mir selbst niemals zu bestehen.

Umso mehr verwundert es mich, dass ihr nun an meine Seite getreten seid, ihr fabelhaften Helden. Ich denke, wir sind nicht dazu in der Lage, gegenseitig zu erkennen, wer wir sind. Doch ihr seid mir stets gefolgt. Ihr habt mit mir Schritt gehalten und das, obwohl ich mit Dingen gesegnet wurde, bei denen ich nachvollziehen könnte, wenn ihr vor Neid zerfressen wäret. Ich kann nun endlich anerkennen, dass ich es war, der damals losgerannt ist. Ich sehe nun, was mein Lehrmeister in mir erkannt hat und weshalb er sich dafür entschieden hat, mir seine Macht anzuvertrauen. Ich muss einfach lernen, dass es in Ordnung ist, nach jenen Dingen zu streben, die ich als erstrebenswert erachte. Ich muss mich für meine Träume nicht schämen. Ich muss nicht zurückhalten, was mich begeistert. Ich kann es leben und muss mich nicht vor meiner eigenen Zerstörung beschützen. Wenn sie eines Tages eintreten wird, dann soll es geschehen. Aber wenn meine Ideale und meine Aufopferungsbereitschaft in eine neue Welt führen sollten, könnte ich mein Ziel erreichen. So unrealistisch dies auch erscheinen mag. Ich muss es nicht aufgeben.

Ich kann kaum glauben, dass ihr dies tatsächlich

sehen könnt. Ihr pflichtet mir bei, dass an meinem Weg nichts Falsches ist. Doch trotzdem entscheidet ihr euch dafür, mich zu unterbrechen, denn auch ihr folgt euren Idealen. Wie könnte ich euch bei all eurem Eifer noch widerstehen? Ihr fordert mich heraus, um mich zu beschützen. Natürlich muss ich euch mit allem, was ich zu bieten habe, entgegentreten. Alles andere würde dem widersprechen, wofür ich stehe. Außerdem würde es eure Bemühungen missachten und mir die Freude nehmen, die diese Konfrontation letztlich begleitet.

Ich hätte nie gedacht, dass ihr dazu in der Lage sein könntet, mir Einhalt zu gebieten. Aber es gelingt euch. Mit vereinten Kräften kreiert ihr eine neue Zukunft. Ihr fangt mich ein, und ich muss mich eurem Willen fügen. Früher hätte ich dies wohl als einen totalitären Akt betrachtet, doch heute erfreue ich mich daran. Unser Spiel hat mir Freude bereitet. Ich muss mich bei euch entschuldigen. Es war mir nicht möglich zu erkennen, wozu ihr in der Lage seid, ihr wunderbaren Helden. Gemeinsam wird unser Weg in eine andere Zukunft führen. Wo auch immer diese liegen mag.

XVI

Es ist an der Zeit, sich dir erneut zu stellen und die Richtung, in die sich diese Welt bewegen soll, endgültig festzulegen. Ich hatte verkannt, dass ich nicht der Einzige bin, der diesen Kampf führt. Es gibt weitere Menschen, die sich dem Ideal, das ich nach außen hin verkörpere, angeschlossen haben. Genauso hast du deine Scharen um dich versammelt, die diese Welt im Chaos gefangen halten und immer weiter hinabziehen wollen. Es ist, als wäre ich heute ruhig, befreit und klar. Da sind keine Extreme, die in mir wanken. Mein Herz ist ruhig. Ich frage mich, ob sich dies gleich, da unser Kampf beginnen wird, ändern wird. Ehrlich gesagt hoffe ich es, denn der Rausch, den du mir damals geschenkt hast, ist noch immer unvergessen.

Doch heute ist mein Blick klar und nüchtern. Ich bin nicht dazu in der Lage, dich in diesem Moment als Person zu sehen, ebenso wenig wie die anderen. Nur, wofür ihr kämpft, was ihr zu ändern versucht, kann ich wahrnehmen. Es sind die Grundpfeiler unserer Welt. Ihr wollt das, was wir als Gerechtigkeit empfinden, als Ungerechtigkeit abschaffen. Doch mit diesen Begriffen kann ich nur solange jonglieren, wie ich selbst in den Extremen gefangen bin. Nur, wenn ich mich im andauernden Rausch des grauen Waberns, der mich nach unten zieht, oder dem euphorisierenden lustvollen Messen, das mich in immer höhere Höhen aufsteigen lässt, befinde, ist es mir möglich, diesen Begriff unironisch zu verwenden.

Was ihr empfindet, ist Wahrheit, doch ist es auch ein Extrem. Ihr lasst euch von den Lügen blenden, die wir selbst hervorgerufen haben und immer weiter verbreiten. Ihr denkt, dass eine Gesellschaft der Leistung erstrebenswert wäre. Aus diesem Grund verlangt ihr nach dem Chaos. Denn jede Regel würde dieses Prinzip einengen. Ihr glaubt, dass grenzenlose Freiheit dazu führen wird, dass es die Leistung ist, die über unser Schicksal bestimmt. Und diese grenzenlose Freiheit findet ihr nur im Chaos. Und natürlich befindet sich Wahrheit in euren Gedanken, denn sonst könntet ihr dieses Prinzip nicht so vehement vertreten und ihm euer Leben widmen. Doch ihr verkennt, was Leistung ist. Es ist kein absoluter Begriff, von dem jeder das gleiche Verständnis und Gefühl innehat. Leistung in einem Diskurs über Gerechtigkeit als das bestimmende Element zu verwenden, ist ein altbekannter Fehler. Doch diese Metapher ist so überladen mit Emotionen, dass sich kaum wirklich darüber debattieren lässt. Und diese Überladung führt in die Extreme, in denen wir uns befinden. Ihr wollt die freie Gesellschaft, in der Leistung über das Überleben entscheidet. Doch wir verteidigen die Struktur, die den Menschen die Möglichkeit eröffnet, sich zu entfalten und ihren Beitrag zu einem gemeinsamen Wohl zu liefern. Wir liefern uns mit euch den Kampf um Sicherheit und Freiheit, um Chancen und Entwicklung, um die Erschaffung von Möglichkeiten und die Abschaffung von Verboten.

Wir leben in der Illusion, wir könnten eine friedliche Kommune schaffen, oder eine Gesellschaft, in der Anstrengung mit Erfolg gleichzusetzen ist. Aber dies sind die Lügen unseres Verstandes. Wir abstrahieren von den Menschen, wir erkennen den ewigen Kampf um die Ressourcen nicht an und negieren, dass Anstrengung nur relativ zu anderen gemessen werden kann. Ebenso kann Talent gefördert oder ignoriert werden. Wir befinden uns in Abhängigkeiten, die es uns unmöglich machen, eine Welt zu erschaffen, die von diesen Abhängigkeiten und Machtkämpfen um die Ressourcen zu abstrahieren ist. Wir reden uns ein, dass wir gegen diese Abhängigkeiten ankämpfen könnten – in einem Maß, dass es uns ermöglicht, aus ihnen auszubrechen. Man könnte behaupten, ich hätte es geschafft, daraus zu entkommen. Als größter aller Helden stehe ich doch weit über allen anderen und habe die absolute Unabhängigkeit erlangt. Doch weder habe ich diese Position ohne andere erlangt, noch konnte ich selbst jenes Schicksal auf mich laden, dass ich als notwendig erachtet hatte. Ich selbst bin gefangen in diesen Abhängigkeiten, und niemandem ist es möglich, daraus zu entfliehen. Wir sind durch unsere Geburt und die Zufälle vorherbestimmt. Unsere Position ist abhängig von dem, was die Welt für uns bereithält.

Unsere Feinde glauben, sie könnten daraus ausbrechen, indem sie die Welt in Chaos stürzen. Wir glauben, diese Ungerechtigkeiten würden verschwinden, wenn wir sie mit dem Prinzip der Leistung versehen und den Menschen die Verantwortung für ihr eigenes Schicksal aufbürden. Natürlich sollte diese Verantwortung immer bestehen bleiben, doch sollten wir auch ehrlich mit unserer Gesellschaft sein. Es sind immer Interdependenzen, die unser Schicksal bestimmen. Freiheit aus uns heraus ist unmöglich. Und der Leistungsgedanke führt letztlich dazu, dass wir die Verlierer mit Verachtung betrafen, dafür, dass sie ihrer eigenen Verantwortung nicht gerecht geworden sind, obwohl sie lediglich den Kampf verloren haben, und dies zumeist mit unfairen Mitteln.

Es muss immer Gewinner und Verlierer geben. Es ist nicht möglich, eine Welt ohne dieses Grundprinzip zu erschaffen. Aber wir sollten den Verlierern mit dem Respekt begegnen, der ihnen gebührt. Sie haben nicht verloren, weil sie weniger geleistet haben. Sie sind der Grund, aus dem wir unser Leben als Gewinner führen dürfen. Wir profitieren von ihnen, und das Mindeste, was wir ihnen entgegenbringen können, ist der Respekt für ihre harte Arbeit.

Indem wir dies versäumten, haben wir den Hass geschürt und einen Feind erschaffen, dessen Macht uns ebenbürtig ist. Es wundert mich, dass so viele Menschen weiterhin am Licht festhalten und ihr Leben in Demut ertragen. Andererseits wundert es mich nicht. Ich war nicht anders, als ich mich in der grauen Masse befand, sondern habe immer die Schuld bei mir selbst gesucht. Dadurch war nicht dazu in der Lage, die Wirklichkeit zu erkennen, dass es das Ideal der schillernden Helden ist, das uns demütigt – auch wenn es uns zugleich erfreut. An der Heldenhaftigkeit und an denjenigen, die ernsthaft danach streben, ist nichts Schlechtes, sondern nur Herrlichkeit. Die Verurteilung der Normalen ist es, die den Hass hervorgebracht hat. Das Resultat, das wir nun erhalten haben, ist Chaos. Dieses gilt es zu beseitigen. Denn die Schwachen werden in dieser Welt ein noch größeres Leid erfahren, und mein Respekt ihnen gegenüber gebietet es mir, dass ich dieses Chaos beseitige.

XVII

Es ist unser finaler Kampf, so fühlt es sich zumindest an. Zugleich frage ich mich, ob der Krieg jemals enden wird. Das Leben ist ein Kampf um Ressourcen und wird es wohl immer sein. Das menschliche Leben wird von den Gedanken an Haben und Nicht-Haben geleitet; dies können wir bereits bei unseren Kindern erkennen. Außerdem ist jeder so sehr darauf versessen, seine eigene Lebensweise zu rechtfertigen, dass er nicht umhinkommt, es als seinen Verdienst darzustellen, wenn er den Kampf um die Ressourcen letztlich gewonnen hat. Wie würden sich die Menschen fühlen, täten sie es nicht? Es mag Ausnahmen geben, die im Glanz der Freizügigkeit zu strahlen scheinen, jedoch werten diese Menschen lediglich das moralische Gefühl stärker als den Besitz. In der Regel sind dies Individuen, die bereits so starke finanzielle Unabhängigkeit erlangt haben, dass die Relevanz des Besitzes für sie keine große Rolle mehr zu spielen scheint.

Wenn ich mich selbst betrachte, möchte ich mich gern unabhängig von der Menschheit sehen. Zugleich ist mir bewusst, dass ich nicht so famos sein kann, dass mir diese Dinge gleichgültig sein könnten. Sie werden mir schließlich täglich demonstriert, und obwohl ich sie im Geiste verächtlich ablehne, bin ich doch weiterhin gezwungen, mit ihnen zu arbeiten. Wie könnte ich also frei davon sein? Der Kampf, den ich führen möchte, geht nicht um materielle Ressourcen. Er geht um Gedanken, Emotionen und die Befreiung von Dingen, die mir Mühe bereiten. Das Entkommen aus der Normalität hat den Vorteil mit sich gebracht, dass mir die Mühen des gewöhnlichen Arbeitens genommen wurden. Diese Erleichterung ist ein Privileg, das ich auf Kosten anderer erhalten habe. Ich kann also nicht behaupten, dass ich anders wäre. Jedoch waren es nicht die Vorstellungen von Besitz, die mich beherrschten, sondern die Müdigkeit des Gewöhnlichen. Es ist verwirrend, wie all diese Dinge zusammenzuhängen scheinen.

Ich habe bereits oft festgestellt, dass die Dinge, von denen ich mich befreien möchte, den Lebensinhalt der anderen darstellen. Sie sind das Leben für diese Menschen. So sehr ich verächtlich darauf hinabblicke, so sehr ist mir doch bewusst, dass es diese meine Arroganz sein muss, die es mir nicht ermöglicht, andere Menschen wirklich zu begreifen. Ich sehe sie alle als wertvoll an. Ich bestaune und bewundere ihre Mühen, die sie in ihrem täglichen Leben auf sich nehmen. Auf eine gewisse Weise berühren diese Menschen mein Herz. Und doch bin ich mir stetig bewusst, dass ich einerseits so viel kleiner bin als sie, da mir diese täglichen Genüsse, Begierden und Ziele fehlen. Ich bin ein Außenseiter in dieser Gesellschaft, der, als er versuchte sich zu integrieren, beinahe vollkommen untergegangen wäre und nur durch einen glücklichen Umstand gerettet wurde. Auf der anderen Seite bin ich so viel größer als sie. Ich sehe mich nun, da ich mich endlich befreit habe, als ein Individuum, das auf die entscheidenden Dinge achtet. Nicht aus einer objektiven Perspektive. Jedem von uns dürfte bewusst sein, dass so etwas nicht existent ist. Aber aus meiner persönlichen Perspektive betrachtet. Und ich denke, dies macht mich arrogant und unfähig, das zu verstehen, dem ich einst selbst ausgesetzt, nur niemals wirklich in der Lage war zu leben.

Natürlich ist dies nicht das Einzige, was mich von der Masse abhebt. Ich hatte das große Glück, auserwählt zu werden. Ich habe jene Kraft erlangt und geformt, die mich zum größten aller Helden werden ließ. Aus diesem Grund stehe ich nun hier und verteidige die Dinge, die ich als würdig erachte, verteidigt zu werden. Ich, der diese Dinge nicht wirklich nachvollziehen kann, kann doch erkennen, wie wichtig sie anderen sind. Ich werde unsere Gesellschaft nicht im Stich lassen, sondern sie beschützen und erneut zur Blüte führen. Es ist diese letzte Schlacht, die uns nun bevorsteht. Ich kann nicht anders, als zu zittern. Zittern vor Aufregung und Ungewissheit vor dem Verlauf und Ausgang.

Ich bin mir bewusst, dass der heroisch klingende Begriff der letzten Schlacht lediglich ein polemisches Wortspiel zu meiner Motivation und der meiner Mitstreiter darstellt. Diese Schlacht wird vielleicht die letzte sein, an der genau diese Konstellation an Akteuren partizipiert. Vielleicht wird sie sogar die letzte sein, die irgendeiner von uns erleben wird. Dies ist ganz davon abhängig, wie vernichtend sich der Sieg oder die Niederlage für die jeweilige Partei gestaltet. Doch wird es nicht die letzte Schlacht um die Sache sein, für die wir kämpfen. Die Gestaltung unserer Welt ist in einem stetigen Dilemma gefangen. Ich selbst kann nicht erkennen, dass es jemals einen Ausweg geben könnte. Wir werden immer wieder zur einen oder anderen Seite ausschlagen, da jede Erhebung und Rechtfertigung einer Seite die Unterdrückung einer anderen zur Folge haben wird. Und doch gehe ich mit einem breiten Grinsen in diese Schlacht. Denn für mich als Individuum gibt es nun nichts mehr zu befürchten. Ich habe meinen Weg erkannt.

Grausame Jagd

I

Woher kamen diese grausamen Fratzen, die auf einmal auf uns hinabsahen? Wieso hatte uns niemand gewarnt? Warum waren wir ihnen so hilflos ausgeliefert?

Ich werde wohl es niemals schaffen, dieses Bild aus meinem Verstand zu verbannen. Dieses beinahe ausdruckslose blutbesudelte Gesicht, dessen einzige Regung die Lüsternheit zu sein schien, während es mich fixierte. Die Gier, die sich lediglich durch den Fokus seiner Augen in meine Erinnerung brannte. Ich bin doch noch ein Kind.

Ihre kraftvollen klauenartigen Hände zerschmetterten jene Mauern, hinter denen wir uns so lange vor ihnen versteckt hielten. Sie hatten uns gefunden. Und nicht nur das. Es waren ihnen ein Leichtes, unsere Mauern niederzureißen und in unser Versteck einzudringen, das wir so lange unsere Heimat genannt hatten. Wir waren machtlos, und es war uns nicht ansatzweise möglich, ihnen etwas entgegenzusetzen. Als ihre Heerscharen uns entgegentraten, zitterten unsere Knie. All der Mut, den wir uns eingebildet hatten, verschwand, und jene Soldaten, die uns Kinder zu schützen geschworen hatten, drängten durch die Menge und bahnten sich mithilfe ihrer Waffen einen Weg durch die Massen der Fliehenden. Jene Waffen, die diese Schrecken eigentlich von uns fernhalten sollten, dienten nun als Werkzeuge zur Flucht.

Von einem Entgegentreten konnte also nicht mehr die Rede sein. Jene gierigen Schrecken fielen über uns Hilflose her. Das Einzige, was mir blieb, war, ebenfalls die Flucht zu ergreifen und zu hoffen, dass jene Schrecken meinen Freunden hinterhereilten und mich aus ihren Augen verloren. Die Jagd war eröffnet. Die übermächtigen Monster erfreuten sich an ihrer Beute. Es war die Jagd der Wölfe auf die Schafe, die eingesperrt in ihrem Zaun zu entkommen versuchten.

Wie bitterlich wurde mein Vertrauen in jene, die uns zu beschützen geschworen hatten, enttäuscht. Den sicheren Tod vor Augen wurde kein Heldenmut geduldet. Die wenigen, die sich für den Kampf entschieden, hätten besser ihr Leben eigenhändig beendet, statt sich qualvoll durch jene grausamen Jäger hinrichten zu lassen. So sehr ich zuvor den Gedanken an ihren Heldenmut bewunderte und zu diesen großen Helden aufsah, so sehr erkannte ich nun die Sinnlosigkeit ihrer Taten. Sie waren nicht mehr oder weniger wert als jene Feiglinge, die auf der Flucht vor der Gefahr nicht davor zurückschreckten, sich einen blutigen Weg durch die eigenen Reihen zu bahnen. Ich verachtete jene Feiglinge, aber ich musste auch erkennen, dass dies nur die Bewertung eines Kindes war, dessen moralische Maßstäbe nicht mit der Realität mithalten konnten. Wir sind dazu in der Lage, unseren eigenen Maßstab zu definieren und uns selbst ebenso wie andere daran zu messen. Doch in diesem Moment war die Realität zu unbarmherzig. Wenn die eigene Existenz auf dem Spiel steht und ein grausames Ende naht, bringt uns unsere moralische Überlegenheit nicht weiter. Jene, die sich von ihren Idealen leiten ließen, gaben sinnlos ihr Leben und konnten absolut nichts an dieser hoffnungslosen und erbarmungslosen Situation ändern. Unsere einzige Hoffnung war das Überleben, auch wenn ich mir nicht sicher war, was wir mit einem solchen Leben anfangen sollten...

Sollten wir auf ewig wie die Schafe in unserem Käfig warten, bis die Wölfe erneut über uns herfallen würden? Heute konnte ich den Gefahren entkommen und hinter Mauern flüchten, die unsere Feinde bislang nicht überwinden konnten oder wollten. Doch wie lange werde ich diese Isolation von der Welt noch auszuhalten in der Lage sein? Und wie lange werden uns diese Mauern noch Sicherheit bieten? Mein Verstand ist noch immer viel zu fokussiert und klar für das, was sich heute vor meinen Augen abgespielt hat. Doch mein Körper schmerzt. Noch immer ringe ich nach Luft, auch wenn ich bereits vor einiger Zeit zur Ruhe gekommen bin. Ich spüre ein Stechen in meiner Brust, und die Muskeln in meinem Rücken verkrampfen sich schmerzvoll. Und doch, meine Gedanken sind klar. Ich kann sie erkennen, die Brutalität dieser Welt. Heute wurde uns, der Krone der Schöpfung, bewusst, was es bedeutet, eine Niederlage zu erleiden. Denn in unserer grausamen Welt bedeutet eine Konfrontation außerhalb jener Sozialisierung, in der wir uns selbst domestizierten, schlichtweg das Ende unserer Existenz. Wir vergehen, werden verdaut und ausgeschieden. Auch wir sind lediglich Teil dieses sich ewig wiederkäuenden Monsters. Dass wir uns überlegen fühlen, ändert nichts daran, dass wir in jeder Sekunde den Tod finden können. Und heute habe ich es erfahren.

Ich sehe die Augen jener, die uns nun aufnehmen und nicht durch die Hölle gehen mussten, die ich heute durchlebt habe. Es ist absurd. Ich weiß nichts von dieser Welt. Die fürsorglichen Augen, die nun statt unserer ermordeten Eltern über uns wachen werden, sind so viel älter als die meinen und kennen das Leben in einer Weise, die ich mir in unzähligen Jahren erst erarbeiten muss. Und doch: Wieso kann ein Kind, wie ich es bin, erkennen, dass sie mit einer Naivität gesegnet sind, zu der ich niemals zurückzukehren imstande sein werde? Ich erkenne die Grausamkeit der Welt, die unbegreiflich für ihre naiven Augen ist, und ich halte die Gefühle nicht aus, die sie in meinen kleinen zerbrechlichen Körper presst.

Aus diesem Grund gibt es nur einen Pfad, den ich wählen kann. Unsere heutige Niederlage hat sich wie ein Mahnmal in mein junges Herz gebrannt. Und jenes Feuer werde ich niemals erlöschen lassen. Es wird zur Inspiration meiner zukünftigen Taten. Jenen Schmerz werde ich mir auf ewig bewahren. Er wird die Quelle meiner Kraft sein. Aus diesen Gefühlen heraus werde ich Rache üben und über jene richten, die heute denken, sie wären die Sieger in dieser Welt. Und mein Hass wird erst dann zum Erliegen kommen, wenn meine blutbesudelten Hände auch den letzten von ihnen zur Strecke gebracht haben.

Diesen Tag, den Tag der größten Niederlage der Menschheit, setze ich als den Startpunkt, um die Verhältnisse umzukehren. Schon bald wird das kleine Schaf herangereift sein und mit seinen Waffen die Wölfe zur Strecke bringen. Ihr werdet schon sehen...

II

Ihr denkt, mein Verstand wäre vernebelt, und ich würde die Dinge nicht klar sehen. Ihr glaubt diese Erzählungen von einem Hass, der einem die Weitsicht raubt und unfähig macht, flexibel andere Perspektiven einzunehmen. Ich kann nur sagen, ihr liegt damit vollkommen falsch. Ich sehe klar. Und mir ist bewusst, dass ich manche Perspektiven vermeide. Aber ich weiß auch, dass es jene Dinge sind, die ich nicht benötige. Natürlich könnte ich damit beginnen, mir auszumalen, welche Motive jene grausamen Mörder einst für ihre Taten hatten. Aber dies ist mir gleich, und ich denke nicht, dass es hilfreich ist, sich solche Fragen zu stellen. Welchem Zweck sollte dies dienen? Ich habe die grausame Realität bereits gesehen. Es interessiert mich nicht länger, welche Motive hinter den Taten stecken. Dies ist unerheblich. Das Einzige, was zählt, ist die unumstößliche Wirklichkeit, der wir uns alle mit unseren Geschichten und zurechtgelegten Rechtfertigungen zu stellen versuchen. Aber die Wahrheit ist simpel: Wer stark ist, überlebt, und wer schwach ist, dessen Existenz wird ausgelöscht. Wenn ihr mich engstirnig nennt, seid ihr lediglich in euren moralischen Rechtfertigungen gefangen, durch die ihr euch mir überlegen fühlen könnt.

Natürlich mache ich Fehler. Ich bin kaum ausgewachsen. Denkt ihr tatsächlich, dass ich in diesem Alter bereits die Intuition eines alten weisen Mannes haben könnte? Ihr denkt, meine Fehler resultierten aus meinem hasserfüllten Fokus. Doch dies ist falsch. Bemerkt ihr nicht, dass auch die anderen um mich herum Fehler begehen? Aus welchem Grund sollte ihre Unvollkommenheit normal und meine durch meinen Hass verursacht sein? Dieser ist lediglich die Quelle meiner Kraft. Andere nutzen dafür ihre edlen Absichten, diese Welt zu einem besseren Ort zu machen. Doch ich bin ehrlich und verbiege mein Selbst nicht in dieser Art und Weise.

Ich nehme eure Warnungen wahr und reflektiere sie gründlich. Natürlich konsumiere ich alles, was ihr, meine Lehrer, mir anbietet. Ich wäre ein Narr, würde ich dies ausschlagen. Ihr habt mir beigebracht, wie ich mich aus der Rolle des Opfers befreien und zum Jäger entwickeln kann. Ich kann die Kraft spüren, die nun durch meinen Körper strömt. Ich bin gewachsen, meine Muskeln haben sich geformt und meine Reflexe geschärft. Schon bald bin ich an der Spitze meiner körperlichen Leistungsfähigkeit angekommen. Doch bereits in diesem Moment fühle ich die Zuversicht, die mich erfüllt. Ich werde dazu in der Lage sein, mich den Mördern entgegenzustellen, die mir meinen unschuldig verträumten Blick auf die Welt raubten.

Einst freute ich mich auf den Tag, da wir endlich frei sein würden. Auf die Zeit, in der wir die uns beschützenden Mauern hinter uns lassen würden, da wir ihrer nicht mehr bedurften. Die Möglichkeit, die Weiten dieser Welt zu bereisen, faszinierte mich. Doch heute habe ich begriffen, dass – egal, welche Orte hinter diesen Mauern existieren – das Gesetz des Stärkeren auch dort die Realität bestimmt. Wir werden immer zugleich Beute und Jäger sein und uns fortwährend von einer Position in die andere entwickeln. Je stärker wir werden, desto sicherer können wir uns fühlen, unsere Existenz verteidigen zu können.

Ich frage mich manchmal, ob ich diejenigen beneide, die sich ihren naiven Blick auf die Welt bewahrt haben. Zweifellos war mein Leben einst von einer Schönheit erfüllt, die ich heute nicht mehr reproduzieren kann. Doch was ist diese Schönheit wert, wenn sie jederzeit von jenen genommen werden kann, die dir überlegen sind? Wenn ich freundliche Wort für diese Illusion finden sollte, dann würde ich sie unbeständig nennen. Nur derjenige kann diese Welt als wahrhaft schön empfinden, der ein sadistisches Herz hat und sich am Töten und Vergehen erfreuen kann. Es ist schon absurd, was ihr euch einbildet. Wie ihr die Realität leugnet. Diese Einsicht hatte ich bereits als kleiner Junge, aber ihr wollt sie noch immer nicht akzeptieren.

Ob ihr dies wollt oder nicht, ist jedoch unerheblich. Ich werde für meine Existenz kämpfen. Ich werde sie nicht aufgeben. Und ich werde meinen Hass weiterhin schüren. Der feuerrote Bogen, der durch das Blut meiner Eltern getränkt wurde, ist dazu bereit, seine vergifteten Pfeile auf jene abzuschießen, die uns einst überrannten und uns noch immer nach dem Leben trachten. Wie ich bereits sagte: Ich bin bereit, unsere Positionen zu tauschen. Meine Pfeile werden sich tief in ihre Herzen bohren, und die Klingen meiner Schwerter werden ihre Kehlen durchschneiden, sodass sie langsam ausblutend ihrem Tod entgegensehen. Mein Hass ist bereit, Rache zu üben, und während ich mir vorstelle, wie sich meine Waffen durch ihr Fleisch bohren, umspielt ein Lächeln meine Lippen, und ich beiße mir genüsslich leicht auf die Unterlippe. Endlich ist die Zeit gekommen, meine tapferen Gefährten. Wir werden hinausschreiten und unsere Rache bekommen, oder wonach auch immer ihr begehrt, während ihr euch den Monstern stellt, die danach trachten uns auszulöschen.

III

Was sind wir nur für arrogante kurzsichtige naive Glückskinder. Dachten wir tatsächlich, wir wären bereit, uns diesen grausamen Monstern entgegenzustellen? Hatten wir bereits die Machtlosigkeit verdrängt, mit der sich die hilflosen Soldaten meiner Elterngeneration dem Feind entgegenstellten und erbarmungslos verschlungen wurden? War unser Durst nach Rache und Freiheit so groß, dass er all diese in uns eingebrannten Erfahrungen überblendete? Ich denke nicht, dass dies der Grund war, weshalb wir uns so maßlos überschätzten und dachten, wir wären bereit, uns im Blut dieser Kreaturen zu baden und unsere Stärke zu demonstrieren. Wir hatten schlichtweg keinen geeigneten Maßstab, an dem wir unsere Machtlosigkeit hätten adäquat einschätzen können.

Lasst uns die Situation einmal nüchtern betrachten: Wir wurden ausgebildet und erhielten die besten Referenzen. Wir hatten den Vergleich mit den überlebenden Beschützern unserer Elterngeneration, und gemessen an ihren Fähigkeiten waren wir wahre Kriegsmaschinen, während sie lediglich Hirten waren, die darauf achteten, dass kein Schaf das schützende Gehege verließ. Verglichen mit den Fähigkeiten unseres Volkes waren wir die absolute Elite, Ausnahmetalente und Genies, die durch die härteste vorstellbare Schule gegangen waren, um ihre Ziele zu verwirklichen. Die Ausrottung jener Monstren, die uns unsere Eltern und unsere Kindheit geraubt hatten und uns davon abhielten, diese Welt zu entdecken.

Dabei waren wir nicht einmal eine homogene

Gruppe an mordlüsternen Monstern, wie ich es bin. Während ich in der Dunkelheit des Hasses verschwinde, mich ganz auf mein Ziel der Rache konzentriere und selbst in den groteskesten Momenten mein wahnsinnig anmutendes Lächeln nicht verberge, gibt es mannigfaltige andere Individuen mit vollkommen verschiedenen Motiven. Einige wollen nur diejenigen beschützen, die ihnen nahestehen. Andere wollen eine Wiederholung des damaligen Angriffs verhindern, und unter ihnen befinden sich einige edle Gestalten, deren noble Motive allerdings nicht ihr Urteilsvermögen zu trüben imstande sind, wie es wohl oft der Fall sein könnte, wenn man solchen Persönlichkeiten gegenübersteht. Aber sie hatten erfahren, was ich gesehen hatte. Wir, die Elite unseres Volkes, hat begriffen, wie grausam die Welt dort draußen ist. Wir wissen, wie machtlos wir einst dem Feind ausgeliefert waren. Wir haben erkannt, dass Menschlichkeit lediglich ein Privileg jener ist, die sich in ihrem Käfig vor der Grausamkeit der Realität verbergen können und nicht in der Lage oder willens sind, durch die selbst errichteten Mauern hindurch zu blicken.

Am meisten fasziniert mich allerdings jener kleine blonde Junge, der schon damals mein Freund sein wollte. Seine himmelblauen Augen strahlen eine Freude am Leben aus, die ich mir nicht erklären kann. Er erzählt mir täglich davon, dass er es uns ermöglichen will, aus unserem Gefängnis auszubrechen, um die Welt dort draußen zu erkunden. Jene unbekannte Weiten, die wir uns lediglich in unserer Fantasie zugänglich machen können, faszinieren ihn. Unfähig, herauszufinden, ob irgendetwas davon überhaupt im

Ansatz wirklich sein könnte. Er liebt diese Welt, die ich als zu brutal empfinde, um ein gesundes Verhältnis zu ihr zu entwickeln. Zwar sieht und beschreibt er die Dinge auf die gleiche Weise wie ich, doch seine Beurteilung ist eine vollkommen andere. Er schließt vom Kleinen auf das Große und überschüttet mich mit in meinen Augen unnötigen Spekulationen. Doch ich muss zugeben, dass ich von all meinen Kameraden ihn am meisten fürchte und verehre. Er ist der körperlich Kleinste und Schwächste, und doch war niemand von uns seinem Verstand gewachsen. Denn seine Ideen mögen noch so abgehoben und spekulativ sein – er gibt sich nicht damit zufrieden, sich seinen Träumen hinzugeben. Er setzt diese in einer Weise um, die mir jedes Mal den Atem raubt. In der täglichen Praxis sehen wir anderen zwar alle die gleichen Details und können sie akkurat beschreiben. Doch dieser Junge sieht die Möglichkeiten, die sich daraus ergeben. Ich denke, unsere Erfolge in der Vergangenheit waren zum Großteil ihm zu verdanken. Obwohl er kein großes Aufsehen darum gemacht hat, bin ich davon überzeugt, dass der Rest von uns ähnlich denkt. Ich bin mir sicher, dass er die Zukunft für unser Volk ist. Während ich lediglich zu einem egoistischen Mörder herangewachsen bin, der Hass und Rache dürstend danach trachtet, seine blutigen Gedanken kühl in die Tat umzusetzen, ist dieser Junge das Licht der Menschheit. Er sah die gleichen Schrecken wie der Rest unserer Elite, doch seiner Lebensfreude hat dies keinen Abbruch getan. Während ich lediglich aus Egoismus daran festhalte, mein Leben zu einem für mich befriedigenden Ende zu führen, hat sich dieser Junge seine Träume und Wünsche bewahrt, und in seinen Augen spiegeln sich seine Neugier und Lebensfreude. Ich bewundere und fürchte ihn. Während er mir körperlich unterlegen ist, ist er mir in allem anderen weit voraus. So kann ich voller Überzeugung sagen, dass er mein bester Freund ist.

Dies ist wohl der Grund, aus dem ich sein Leben über das meine setzte, als wir mit jenen Monstern konfrontiert waren, die unsere Ambitionen schließlich dämpfen sollten. Unsere Schlacht war ein Desaster. Unsere Rache blieb unerhört. Die Mörder unserer Eltern übten nun auch unter den Kindern blutige Rache. Wir konnten kaum unsere Waffen heben, als wir uns bereits der brutalen und grausamen Überlegenheit dieser Monster geschlagen geben mussten.

Im Angesicht dieser Niederlage gab es nur eine Schlussfolgerung: Wer überlebte, musste sich zurückziehen, um sein Leben zu schützen. Jeder von uns verstand, dass Heldentum nur eine Kindererzählung war, die nutzlos war, wenn man wirklich etwas verändern wollte. Nur jene, die überlebten, könnten sich überhaupt Möglichkeiten bewahren, den weiteren Verlauf der Wirklichkeit zu beeinflussen.

Und vielleicht war genau das der Grund, weshalb ich, der all dies besser verstand als irgendjemand sonst, mich dafür entschied mein Leben wegzuschmeißen. Ich tat es, um meinen besten Freund davor zu bewahren, eliminiert zu werden. So stürzte ich mich in das weit aufgesperrte Maul dieser Monster, befreite ihn und verhalf ihm zur Flucht, bevor mich diese gigantischen, mir weit überlegenen Gestalten verschlingen sollten. Ich ließ mein Leben als Held. Es ist absurd

– war doch ein Held das letzte, was ich sein wollte. Doch wenn wir gegen diese Absurditäten auch nur den Hauch einer Chance haben wollten, dann lag sie in den Händen dieses blonden Jungen mit den himmelblau leuchtenden Augen. Am beeindruckendsten und furchterregendsten daran ist wohl, dass dies keine Gedanken sein konnten, die aus meinem Kopf allein hätten entspringen können. Was interessierten mich die anderen? Ich war wohl wirklich der größte Dummkopf, der jemals auf dieser Welt gewandelt war. Diese Ideen waren seine. Er hatte es wirklich verdient, an meiner statt zu überleben.

IV

Aus irgendeinem Grund war das Schicksal mir gnädig. Ich war bereits verschlungen und hatte mit meinem Leben abgeschlossen, als die Ereignisse sich auf eine Art veränderten, die für mich nicht zu erklären war. Diese Welt hält unzählige Zufälle bereit, die wir nicht beeinflussen können. Überhaupt liegt weit weniger in unseren Händen, als wir es uns eingestehen. Wir rühmen uns stetig mit unserer Individualität, doch letztlich ist diese zum Großteil eine Illusion. Denn wir sind weit mehr Produkte unserer Umwelt, als wir es zu verstehen in der Lage sind. Die meisten von uns denken, dass es unsere Persönlichkeit sei, die dafür verantwortlich ist, was wir gut finden. Welches Essen wir bevorzugen, mit welchen Dingen wir uns in unserer Freizeit beschäftigen, welche Menschen wir als anziehend betrachten. Im Endeffekt ist diese Idee auch nicht falsch. Denn unsere Persönlichkeit wird unter anderem durch eben jene Dinge zum Ausdruck gebracht. Es ist mehr das Konstrukt, das wir Persönlichkeit nennen, das grundsätzlich anders gebildet wird, als es den Anschein macht. Unser Gefühl ist, dass sie aus uns heraus entstehen würde. Dass es ein inneres Wesen gäbe, dass durch sie zum Ausdruck gebracht wird. Doch diese Vorstellung hat nicht viel mit der Wirklichkeit gemein. Unsere Präferenzen sind Produkte dessen, was uns in unserem Leben widerfahren ist. Das Sammelsurium all unserer Erfahrungen macht uns zu dem, was wir sind. Unsere Individualität ist daher viel mehr ein Gesellschaftsprodukt, das sich im Inneren einer Person sammelt und manifestiert, als dass es aus diesem Inneren heraus geborgen wird. Unsere Welt ist weit mehr verknüpft, als wir es für gewöhnlich wahrnehmen können.

Aber ich schweife ab. Inwiefern unsere Individualität eine Illusion und Zufall eine Einbildung ist, ist für das jeweilige Individuum fast unerheblich. Wahrscheinlich gibt es keine Zufälle in dieser Welt, da alles durch etwas beeinflusst wird, was irgendwo einmal gestartet wurde. Und die Motivation für diese vorherigen Taten waren Dinge, die selbst wiederum in der Vergangenheit lagen. Wir könnten diese Kausalitätskette wohl ewig weiterführen – zumindest theoretisch. Denn praktisch ist es uns nur möglich, simpelste Zusammenhänge zu begreifen. Und ganz gleich, ob wir uns nun in einer determinierten oder zufälligen Welt befinden – das, was mir geschah, war einfach nur absurd lächerlich, glücklich und befriedigend. Denn in jenem Moment, als mein Schicksal besiegelt schien, wandelten sich die Umstände.

Es war, als würde sich mein unbändiger Zorn physisch manifestieren. Mein Körper zuckte und mutierte, während ich von jener Bestie zerbissen wurde, die ich über alles hasste. Wie auch immer dies geschah, es war wohl das Ironischste, was ich mir zur damaligen Zeit hätte vorstellen können. Denn ich – der sich, so sehr von seinem Vorhaben überzeugt, geradewegs in eine zum Scheitern verurteilte Situation begeben hatte – verwandelte mich nun in eines jener Monster, das ich auszumerzen geschworen hatte. Mein unbändiger Schrei hallte durch die Stadt, die ich als kleiner Junge hinter mir hatte zurücklassen müssen. Mein Körper wuchs und meine Muskeln ächzten, während ich mich erhob. Die Klingen, mit denen ich die Kehlen der Monster durchtrennen wollte, die ich so sehr verachtete, wirkten nun wie Spielzeuge. Meine Wut verlieh mir eine nie geahnte Kraft. Ich zertrampelte jene Kreatur, die mich verschlingen wollte, mit Leichtigkeit unter meinen Füßen. Dabei lachte ich vor Freude und schrie vor Zorn, sodass ich die anderen zu mir locken würde. Denn mit dieser Kraft gesegnet, würde es mir ein Leichtes sein, zumindest jene, die nahe genug waren, um meinen Ruf zu vernehmen, zu bezwingen.

Wenngleich ich keine Ahnung habe, wie dies geschehen konnte, war ich über diesen Gewinn an Kraft überaus erfreut. In der Vergangenheit war es mein Volk, das von diesen Monstern zertrampelt wurde, als wäre es nur eine mit Zierblumen durchzogene Wiese, die unter die Füße tollpatschiger und tollwütiger Kinder geraten war. Doch heute bin ich das Raubtier, das unter jenen Tollwütigen seine blutige Ernte einfährt. Ich sagte doch, dass wir Glückspilze sind, mein bester Freund. Ich hoffe, du genießt das Schauspiel, das sich nun vor deinen Augen bietet. Dies ist die Rache, von der ich so lange geträumt habe. Und dir sollte bewusst sein, dass in dieser Stärke auch der Weg hinaus in die Welt liegt. Unsere Ziele sind auf einmal in greifbarer Nähe.

V

Wie viel Zeit ist wohl vergangen seit den für uns unglaublich erscheinenden Ereignissen? Unseren ersten Erfolgen folgten unzählige Kämpfe. Wir stellten uns den Monstern, die wir auszulöschen geschworen hatten. Doch während unsere nach Blut dürstenden Klingen durch unsere Erfahrungen und meine neuen Kräfte an Schärfe gewannen, mussten wir erkennen, dass der wahre Feind nicht jene emotionslosen Ungetüme waren, die uns als ihre Beute erbarmungslos verfolgten. Unsere wahren Feinde lauerten verborgen an unzähligen Stellen. Es war so schwierig für uns, sie zu lokalisieren, und wenn uns einmal ein Erfolg gelang, war es beinahe aussichtslos, daraus Informationen zu generieren. Es war ein zermürbender Krieg, und unzählige Schlachten mussten geschlagen werden.

Jede Kleinigkeit, die wir in Erfahrung bringen konnten, erschien uns damals wie ein ungeheuerlicher Schlag ins Gesicht, der unser Weltbild ins Schwanken brachte. Aus heutiger Perspektiver fühlt es sich beinahe lächerlich an, wie viel Gewicht wir jenen kleinen Teilen des großen Puzzles beimaßen. Und trotzdem sind unsere damaligen Reaktionen nachzuvollziehen. Wir waren gefangen in einem goldenen, in Blut getränkten Käfig und bekämpften unseresgleichen, im schrecklichen Paradies, das unsere Göttin sich für uns erdacht hatte. Heute verstehe ich die Schuld, die unser Volk einst auf sich geladen hat. Ich verstehe, weshalb unsere Königin den einstigen Plan der Isolation weiterhin verfolgt. Hier wären wir sicher, wir Kinder der Titanen. Und die Welt wäre sicher vor unserem unbarmherzigen, erbarmungslosen, mit endlos erscheinender Kraft gesegneten Wesen. Wir waren diejenigen, die die Welt beherrschen würden, würde man uns in die Freiheit entlassen. Doch dies konnten barmherzige Seelen wie unsere Königin und unsere Göttin nicht zulassen. Da sie uns liebten, erdachten sie unser Gefängnis und tauften es Paradies. Welche Ironie, dass eine Gestalt, wie ich es bin, diesem Paradies entspringen konnte.

Ich verstehe ihre Argumentation und muss doch sagen, dass sie ontologische Grundlagen voraussetzt, denen ich schlichtweg nicht zustimmen kann. Die Menschen und ihr Miteinander als grundsätzlich positiv zu beurteilen, ist etwas, das ich nicht als realistisch betrachten kann. Aus welchem Grund sollte jedes menschliche Wesen einen Wert besitzen und mir grundsätzlich positiv gesinnt sein? Ich halte dies nicht für eine akkurate Beschreibung der Wirklichkeit. Ich denke, dass Menschen, genauso wie jedes andere Wesen auf dieser Welt, sich in einem unendlichen Überlebenskampf befinden, in dem nur der Stärkere triumphiert. Natürlich ist die Stärke der Gruppe der des einzelnen zumeist überlegen. Dies ist einer der Gründe, weshalb sich Menschen zusammenrotten. Sie suchen nach der vermeintlichen Sicherheit in der Gruppe, um sich vor stärkeren Feinden zu verbergen und diese in der Gruppe gemeinschaftlich zu überwältigen.

Der andere Grund ist wohl die Bildung einer Gesellschaft. Dies geschieht lediglich aus dem Wunsch heraus, sich vor den Übergriffen anderer abzusichern. Regeln, Normen und Gesetze dienen dazu, dass sich die Stärkeren nicht mittels Gewalt über die Schwachen erheben und diese in ihrer Dominanz zerquetschen. Wer denkt, dass es ein tiefgreifenderes Gefühl der gegenseitigen Liebe und des Mitgefühls gibt, das uns zu einer Gemeinschaft zusammenwachsen lässt, ist wohl in der gleichen Illusion gefangen wie unsere Königin. In ihrer Geschichte mag es als edel erscheinen, die schwachen Menschen dort draußen vor uns Titanen zu schützen, doch letztlich geißelt sie nur sich selbst und uns, ihr Volk.

Aus diesem Grund bin ich ausgezogen, nachdem wir endlich die Wahrheit offengelegt hatten. Innerhalb unserer Mauern konnte ich keine Antworten finden. Ich konnte weder herausfinden, wer ich eigentlich bin, noch welche Rolle ich in dieser Welt zu spielen hatte. Also floh ich hinaus in die Welt unserer Feinde. Ist es nicht schockierend, mein bester Freund mit den blonden Haaren und himmelblauen Augen? Du hast dich so oft gefragt, welche Wunder hinter diesen Mauern auf uns warten würden, hätten wir die Monster, die uns umzingeln, nur endlich überwunden. Und was hat sich uns schließlich für eine Welt offenbart? Wir leben als die isolierten Teufel, die allerorts gefürchtet werden, isoliert auf dieser kleinen Insel und fristen unser Dasein im blutigen Paradies, geschaffen von unserer gütigen Königin. Wir sind jene, auf die sich der Hass der Welt richtet. Ihre Erzählungen verurteilen uns als die grausamen Monster aus der Urzeit, die einst diese Welt beherrschten und hoffentlich niemals zurückkehren werden. Doch niemand von ihnen hat auch nur einen von uns jemals zu Gesicht bekommen. Wir sind die unbekannten Monster, hinter denen sich lediglich Menschen verbergen, die genauso hilflos ihr tägliches Schicksal erdulden müssen wie jeder andere auf dieser Welt.

Ich glaube, ich war faszinierter, all dies in Erfahrung zu bringen, als du. Es erheitert mich im gleichen Maße, wie ich es als abstoßend empfinde. Aber letztlich ist mir eines klar: Um den Feind zu überwältigen, muss man ihn verstehen. Deshalb bin ich ausgezogen, um als Wolf im Schafspelz inmitten unserer Feinde zu leben. Ich werde sie verstehen und schließlich nicht nur Ideen entwickeln, wie ich sie zu Fall bringen werde, sondern auch Gewissheit darüber erlangen, ob ihr Handeln genauso unmoralisch ist wie das unsere. Denn eines will ich bestätigt wissen. Eine Sache, die ich bereits als Kind gelernt habe: In dieser Welt aus Hass ist jegliche Moral lediglich eine Illusion.

VI

Nun habe ich sie gesehen: die Waffen, die von denen, die uns verdammen, fürchten und verachten, hervorgebracht wurden, um uns zu Fall zu bringen. Es scheint nur natürlich, dass die größte Kreativität, die ich in dieser Welt entdecken konnte, in den Krieg fließt. Denn dieser ist und bleibt schließlich das Wichtigste. Wir alle müssen lernen, wie wir in dieser grausamen Welt überleben können. Dabei dürfen wir nicht zurückfallen. Während ich stillstehe und mir eine Pause gönne, lassen die anderen ihre Fantasie in neue Maschinen und Taktiken fließen, mit denen sie mich übertrumpfen und zu Fall bringen können, um ihr eigenes Leben vor meiner Kaltblütigkeit zu schützen. Wir alle sind in diesem Kreislauf gefangen, in dem wir uns lediglich durch Grausamkeiten vor den Gräueln der anderen retten können. Ich denke, dass diese Welt es nicht verdient, weiter zu existieren. Wozu sollte dies dienen? Wenn wir eine Welt erschaffen, in der es lediglich darum geht, einander Übel anzutun, ist dies doch alles, was uns bleibt.

Natürlich treibt dies an. Es hat auch mich in Bewegung gesetzt. Mein Hass hat uns vorangebracht. Wir konnten die Wahrheit, die so lange vor uns verborgen blieb, enthüllen und herausfinden, dass wir das am meisten verachtete Volk auf dieser Welt sind. Hätte ich nicht diesen inneren Drang verspürt, so würden wir wohl heute noch in Furcht vor denjenigen leben, die als unsere Wächter auf eine grausame Weise auserkoren wurden, um uns das Fürchten zu lehren. Doch jene Monster waren am Ende wie wir. Gefangene in einer Welt, die sie hasst. Dazu verdammt, uns im ewigen Kampf verschlingen zu wollen. Es liegt nichts Schönes, nichts Faszinierendes im Wesen dieser Welt. Der Kern von allem ist das Überleben, der Kampf, die Grausamkeit, der Mord... Man könnte dem entgegensetzen, dass in jedem Leben ein Wert liegt und der Kampf gegen alle Widrigkeiten eine aufopferungsvolle und bewundernswerte Leistung sei. Doch dies ist nicht die Wahrheit. Wenn wir die einzelnen Leben genau betrachten, sehen wir lediglich den ekelhaften Schmutz der Ausbeutung und des Mordes, der jedem Überlebenden anhaftet. Denn wir können nur überleben, indem wir uns gegen andere durchsetzen. Wir kämpfen um die endlichen Ressourcen, um entweder unser Überleben zu sichern oder Wohlstand aufzubauen, der uns letztlich davor schützen soll, allzu schnell wieder in den reinen Überlebenskampf zurückzufallen. Doch selbst jene, die es zu Wohlstand gebracht haben, verstehen, dass dieser ihnen geneidet wird und sie ihn jederzeit wieder verlieren können, wenn sie nicht genauestens darauf achten.

Zusätzlich basiert jede Ressource, die wir uns aneignen, auf dem Prinzip der Ausbeutung. Wir müssen sie anderen entreißen, damit wir sie unser Eigen nennen und sie nutzen, verbrauchen oder horten können. Nur, wenn wir uns gegen andere durchsetzen, sind wir dazu in der Lage, unsere eigene Existenz zu sichern. Und diese ist uns allen das Wichtigste. Dieser schmutzige Egoismus ist es nicht wert, dass ich ihn weiter dulde.

Ich habe gesehen, wie diejenigen unseres Volkes, die nicht im schützenden sogenannten Paradies unserer Königin dahinvegetierten, in Arbeitslagern ihren Dienst verrichten mussten. Ihre Gedanken wurden auf martialische Weise von denjenigen manipuliert, die uns so sehr verachten und zu vernichten wünschen. Sie denken wohl, dass sie mittels ihrer Technologien die Welt unterwerfen können und ihre Existenz nicht mehr fürchten müssten, wenn sie erst jeden zu ihrem Untertanen gemacht haben. Selbstverständlich steht ihnen dabei das Volk der Titanen im Weg. Und die stetige Bedrohung, die wir bedeuten, ist ihnen ein Dorn im Auge. Unsere Königin müsste sich lediglich dazu entschließen, ihr Exil aufzugeben und diese Welt zu regieren. Sie müsste akzeptieren, dass die Schuld, die wir alle auf uns geladen haben, ein unabdingbarer Teil dieser Welt ist. Dann könnte sie unser Volk an die Spitze führen, und wir könnten tatsächlich so viel Angst und Schrecken verbreiten, dass es niemandem mehr in den Sinn käme, gegen uns aufzubegehren. Zumindest ist dies der Traum von einer möglichen Rettung dieser Welt. Doch ich verstehe, dass ich hier ebenso optimistisch bin wie unsere Feinde. Wahrscheinlicher ist, dass sich dieser Kreislauf niemals durchbrechen lassen wird. Deshalb wäre es wohl am logischsten, alles zu beenden.

Nun, da ich zu einem der ihren geworden bin, stellt es für mich kein Problem mehr da, ihre Linien zu infiltrieren. Ich werde mir noch mehr Macht aneignen, als ich ohnehin bereits besitze. Diese werde ich benötigen, um unsere Königin zu überzeugen oder überwältigen zu können und so mit ihrer Hilfe oder eigenständig das Ende der anderen einzuläuten.

Aber eins nach dem anderen. Zunächst werde ich

unseren Feinden jene Waffen entreißen, die ihren Ursprung in unserem Volk haben. Wenn dies geschehen ist und sie gelernt haben, wie gigantisch die Macht der Titanen sein kann, werden sie sich hoffentlich zurückziehen, um ihre Kreativität walten zu lassen und zu versuchen, mich zu übertreffen. Diese Zeit muss ich nutzen, um alles vorzubereiten, sodass jegliche Bemühungen ihrerseits im Nichts verlaufen werden. Ich werde sie alle auslöschen. Doch ich werde mich nicht damit begnügen. Ich werde jegliches intelligente Leben auf dieser Welt dem Erdboden gleich machen. Denn jene Intelligenz, mit der wir uns rühmen, ist doch lediglich ein Auswuchs unserer kriegerischen Kreativität. Ich denke, es ist das Gerechteste, wozu ich in der Lage bin. Ein wahrhaft edles Ansinnen könnte man meinen. Ich werde verhindern, dass jemals wieder ein Mensch auf dieser Welt leiden muss. Auch wenn der Gedanke an Gerechtigkeit selbst natürlich lediglich eine erheiternde und sinnlose Illusion ist.

VI

Ich hatte es gewusst. Alles, was geschehen würde. Die Details waren mir nicht bekannt, aber meine Träume waren nicht zufällig. In jenen Nächten, in denen ich schweißgebadet aufgewacht war und die Bilder in meinem Kopf nicht mehr vergessen konnte, wurden mir Dinge offenbart, die in Zukunft geschehen würden und in der Vergangenheit passiert waren. Ich sah nicht alles, aber ich sah das, was mit meinem Schicksal oder mit den Schicksalen jener verbunden war, die ich verschlungen hatte und verschlingen würde. Meine Macht expandierte, und ich konnte nicht begreifen, was es war, das mich am meisten schockierte. War es die bloße Stärke, die ich konsumierte? Die Brutalität, die jeden anderen in den Schatten stellte? Gepaart mit meinem unbändigen Verlangen und meinem Willen, mein Ziel zu erreichen, war es kein Wunder, dass ich derjenige sein würde, der alles beenden würde.

Tatsächlich glaube ich nicht, dass es die Kraft war, die mir die größte Macht verlieh. Es war das Wissen, auf das ich nun, da ich es begriffen hatte, zugreifen konnte. Ich dachte, dass es lediglich jene alptraumhaften Fratzen waren, die damals meine Eltern in Fetzen gerissen hatten, die mir diese unangenehmen Bilder in den Kopf pflanzten. Aber dies war nur Einbildung. Ich konnte es sehen. Ich konnte jene sehen, die vor mir auf die Macht der Titanen zugreifen konnten, und jene, die ich noch konsumieren sollte. Wir waren alle verbunden. Ich sehe die Göttin und welche Rolle sie spielt. Ich begreife, dass ich nur königliches Blut benötige und nicht die Königin konsumieren muss. Ich weiß, dass mein Schicksal tief eingewoben ist in diese Welt und dass jene, die mich aufhalten könnten, zu spät begreifen werden, dass ich die wahre Gefahr bin.

Sie sind blind, da sie mir vertrauen. Du, mein blonder Freund mit den himmelblauen Augen, bist und bleibst die größte Gefahr für mich. Dich werde ich niemals verschlingen, und deshalb bleibt mir dein Schicksal unbegreiflich. Genauso wie deine Gedanken. Du warst mir immer überlegen und wirst es bis zum Ende bleiben. Doch ich habe die Trümpfe in meiner Hand. Du kennst nicht das Schicksal der Königin, du hast nicht erkannt, woher wir kommen und wie die Pfade des Schicksals verbunden sind. Und du hast ein unerschütterliches Vertrauen in mich.

Wahrscheinlich ist dies das Einzige, was ich wirklich bereue: dass ich dich hintergehen muss. Wir standen stets Seite an Seite. Doch du entschiedest dich dazu, die Hoffnung in diese Welt nicht aufzugeben. Ich kann nicht sagen, ob deine Gedanken zu naiv sind oder nicht, denn ich kann sie nicht begreifen. Doch du hast nicht gesehen, was ich gesehen habe. Wir standen beide auf der untersten Stufe und haben uns hinaufgekämpft, sodass wir nun alle anderen zertreten könnten, wenn wir wollen. Noch hilfst du mir und stehst an meiner Seite, da ich meine wahren Absichten vor dir verberge. Vermutlich ahnst du bereits, dass ich dich hintergehen werde, aber du willst es nicht wahrhaben. Wir beide wissen, wie brutal diese Welt ist. Ich konnte niemals mit dir fühlen, als du sie trotzdem bewundertest. Als du davon träumtest, sie zu bereisen, und von jenen fernen Dingen erzähltest, die lediglich deiner Fantasie entstammten.

Vielleicht sind deine Träume etwas, das es zu beschützen und zu bewahren gilt. Aber ich kenne keine Möglichkeit, wie ich dies schaffen sollte. Die einzige Lösung, die mir einfällt, ist die totale Vernichtung. Und sollte ich dich überleben lassen oder könntest du selbst der Auslöschung entkommen, so müssten schließlich in dem Moment, da nur noch wir beide auf dieser Welt existieren, deine Hoffnung, deine Euphorie, deine Lebenslust schwinden, und du würdest zu einer leeren Hülle werden, deren Existenz nicht mehr vonnöten wäre. Es ist also unser unausweichliches Schicksal, dass ich auch dich auf die eine oder andere Weise auslöschen werde.

Vielleicht sollte ich schon jetzt den größten Verrat begehen und dich, meinen einzig wahren, wichtigsten, besten Freund ermorden. Dann wäre auch diese letzte ungewisse Konstante in meinem Plan ausradiert, und ich könnte wie ein Roboter automatisiert jenen Bildern folgen, die ich in meinen Träumen gesehen habe. Denn ich weiß, dass sie sich in Realität verwandeln werden. Doch ich kann es nicht. Obwohl ich weiß, dass es sinnlos ist, dich zu verschonen, ist es mir nicht möglich, meine Hand gegen dich zu erheben, bevor sich nicht alles dem Ende neigt. Vielleicht bin ich doch ein Romantiker und habe es die ganze Zeit nur nicht verstanden. Ich frage mich, ob es der süße Schmerz ist, den ich am Ende spüren möchte, wenn deine strahlenden Augen den Verrat erkennen, oder ob ich tatsächlich darauf hoffe, dass du dazu imstande bist, meine Pläne zu durchkreuzen. Sollte letzteres wahr werden, so hättest du es dir wohl verdient. Wie gesagt, ich halte es nicht für ausgeschlossen, wenn auch mehr als unwahrscheinlich. Aber es wäre nicht das erste Mal, dass du mich vollkommen überrumpelt, überrascht oder fasziniert hättest. Das Schicksal der Menschheit liegt wohl auf unseren Schultern – und das, ohne dass es dir bewusst wäre. Wirst du als goldener Ritter die Menschheit retten oder werde ich sie für immer vom Angesicht dieser Welt tilgen? Unsere Zukunft liegt zum Greifen nahe, und noch hast du nicht begriffen, in welcher Lage wir uns befinden, mein bester Freund.

Tanz der lebenden Toten

I

Es ist zum Verzweifeln. Ich bin es doch, der diese Welt unterworfen hat. Meine Abstammung, meine Weitsicht, meine Macht... Ich bin es, der alles in sich zu vereinigen vermochte. Ich bin es, der über allen anderen thront und diese Welt zu einem Ort gemacht hat, wie er schöner nicht sein könnte. Ich habe ihnen Wohlstand gebracht, und dafür verehren sie mich. Ich bin der König, wie ihn diese Welt noch nie gesehen hatte und wie sie ihn auch nie wieder gebären wird. Mein Reich umfasst nicht weniger als die gesamte Erde.

Und doch habe ich mein Ziel noch nicht erreicht. Jeden Tag, wenn ich in den Spiegel schaue, wird mir dies bewusst. Ich sehe die Falten in meinem Gesicht, und ich erkenne das graue Haar, das immer dünner werdend von meinem Haupt herunterhängt. Ich spüre die Schwäche in meinem Körper, bemerke den Schmerz, den einfachste Handlungen inzwischen verursachen. Ich habe in der Vergangenheit gut auf mich geachtet, und doch trotzt mir das Alter nach und nach das Leben ab, das ich zu bewahren versuche. Ich halte mich daran fest, da ich mein Ziel noch nicht aus den Augen verloren habe.

Bereits als junger Mann wusste ich, dass ich früh beginnen muss, meine Träume zu verfolgen. Denn niemand hatte verstanden, wie er erreichen könnte, was ich damals wollte und noch heute will. Und obwohl ich mit für normale Menschen kaum vorstellbarer Intelligenz gesegnet bin und ausdauernder als jeder andere studiert habe, habe ich bis zum heutigen Tag nicht erreicht, wonach ich strebe. Ich habe noch nicht einmal das Gefühl, dem auch nur ein Stück nähergekommen zu sein. Und doch werde ich nicht von meinem Traum ablassen. Ich werde nicht vergessen, wonach ich strebe, und ich werde es erreichen, bevor ich vergangen bin – sodass eben jenes nicht geschieht. Ich werde nicht vergehen, sondern dieser Welt auf ewig erhalten bleiben. Denn wozu wurde ich sonst mit diesem dringlichen Gefühl geboren?

Ich kann mir nicht vorstellen, eines Tages nicht mehr zu sein. Obwohl mir mein Körper verkündet, dass dieser Tag raschen Schrittes näherkommt, werde ich bald kein Sklave meines Körpers mehr sein. Die Zeit verrinnt, und mir fehlt noch immer der kreative Einfall, mit dem ich das Wesen dieser Welt, das aus Werden und Vergehen besteht, überlisten kann. Vielleicht ist diese Vorstellung aber auch falsch. Vielleicht kann ich nur jene überlisten, die eben jenen Regeln dieser Welt unterworfen sind. Vielleicht bin ich aus diesem Grund meinem Ziel nicht nähergekommen: da ich dachte, dass ich Zeit und Verfall wie die Menschheit behandeln könnte. Dabei hätte mir doch schon lange bewusst sein sollen, dass dies nicht erfolgsversprechend sein kann.

Betrachten wir die Menschen doch einmal genauer: Sie sind das komplette Gegenteil der Realität, obwohl sie ihr Produkt sind. Während die Realität beständig den gleichen Regeln folgt und ich aus vergangenen Ereignissen ableiten kann, was in Zukunft passiert, habe ich früh erkannt, dass dies bei Menschen nicht der Fall ist. Diese Wesen sind viel zu unbeständig. Was sie heute sagen, können sie morgen bereits vergessen haben. Die unumstößlichen Ideale, denen sie angeblich folgen, sind doch nur eine Momentaufnahme. Ohne, dass sie diese wirklich infrage gestellt hätten und sich ihrer auf eine kognitive Weise kritisch entledigt hätten, ändern sie sie von einem Tag auf den anderen. Manchmal ist ein Schicksalsschlag dafür verantwortlich, oder eine einfache Veränderung der Lebensumstände. Kommt ein Mensch zu Reichtum oder verliert er denselben, so verändert sich seine Bewertung der Dinge. Lernt er eine neue Liebe kennen oder wird er betrogen, verschwimmt sein Urteilsvermögen zu einer undurchsichtigen Masse, und die Welt unterliegt in einem für die Außenwelt unbegreiflichen Bewertungsmaßstab.

Ich habe zu viel Zeit darauf verschwendet, eine Logik in die Menschheit hineinzuinterpretieren. Dies war vergebene Mühe. Denn nicht nur diese großen Ereignisse verändern einen Menschen von Grund auf. Manchmal reichen die Länge des Schlafes, ein zu sich genommenes Essen, die Begegnung mit einer Person oder irgendein spontaner Moment, den niemand zu erkennen vermag, um eine Person von Grund auf zu verändern. Das Tragische ist, dass dies den Menschen nicht bewusst ist. Sie erkennen ihre eigene Inkonsistenz nicht. Sie bemerken nicht, dass die Worte, die sie von sich geben, hohl sind. Und dies macht es so einfach, sie zu überlisten. Unglücklicherweise nicht auf Dauer, denn dafür sind sie zu inkonsistent. Aber für eine unbestimmte Zeit kann man sie dazu bringen, das zu tun und so zu fühlen und zu denken, wie man es will. Man muss nur lernen, die Signale zu deuten, die sie senden. Wenn man diese erst einmal verstanden hat, ist auch der Rest unproblematisch. Dann kann man sie abrichten, wie sie es mit ihren Hunden machen.

Aber halten wir uns nicht mit diesen Nichtigkeiten auf. Das, was man aus dieser Ausführung ableiten kann, ist, dass es mir nicht möglich sein wird, mit der Realität so zu verfahren wie mit der Menschheit. Ich werde sie nicht überlisten können, werde sie nicht durch einen kreativen Einfall dazu bringen, mir das zu schenken, was ich seit meiner Geburt begehre. Es ist wohl die Zeit gekommen, in der es nicht mehr ausreicht, derjenige zu sein, der aufgrund seiner Geburt über allen anderen steht. Meine Ressourcen, gepaart mit meiner Intelligenz sind nicht genug, um mein Ziel zu erreichen. Denn auch wenn beides von den Menschen als Mittel der Macht verstanden wird, hat die Realität dafür doch nur ein müdes Lachen übrig und würde mich verhöhnen, wenn ich versuchen würde, mich mit derlei Mitteln zu bereichern. Ich muss wohl etwas tun, was ich bisher vermieden habe: Ich werde die Realität mit Gewalt dazu zwingen müssen, mir das zu geben, was ich begehre, seit ich meine ersten Gedanken formulieren konnte.

II

Es fällt den meisten Menschen schwer, hypothetische Gedankenspiele zu genießen. Eigentlich ist es noch schlimmer. Die meisten lassen sich nicht im Ansatz auf solche Hypothesen ein. Sie sind nicht dazu imstande zu erkennen, dass sie in ihrem Leben von Relevanz sind. Stattdessen denken sie, dass es nur Gedankenspielereien seien, die nichts mit dem zu tun haben, was sie praktisch erfahren. Ihre Lebensrealität ist verschieden. Viele von ihnen verstehen sogar, worauf das Gedankenexperiment abzielt. Und in dem Moment, in dem sie dies realisieren, verschlimmert sich die Diskussion. Sie denken, sie hätten alles verstanden und wüssten schon, dass sie zum gleichen Schluss kommen, oder sie lehnen eben jene Folgerung ab. Aber sie verstehen nicht, dass sie alles verpassen, wenn sie den Weg nicht komplett gehen. Auf dem Weg liegen nämlich jene Schritte verborgen, denen wir zustimmen müssen, die wir hinterfragen müssen, um weiterzugehen. Im Prinzip gehen wir nicht einmal voran, sondern wir gehen zurück, um zu erkennen, woher wir kommen.

Wir Menschen sind eine so inkonsistente Spezies. Wir sind so arrogant, weil wir Intelligenz erlangt haben, und fühlen uns den Tieren überlegen. Aber die meisten von uns ruhen sich allein auf diesem Umstand aus und sehen ihn als Grundlage dafür an, jene Tiere zu knechten. Sie sind von einem unglaublichen Egoismus befallen, und ich muss zugeben, dass er ihr Leben vereinfacht. Doch wer zum Grund der Dinge vordringt, erkennt, dass wir uns in viel zu großen Abhängigkeiten befinden. Solange sind wir stark – wobei dies meist eine Stärke in der Gruppe ist, da der Einzelne einem Raubtier wohl immer noch bei weitem unterlegen wäre, wenn er ihm in der Wildnis begegnet. Nur durch den Erfindergeist anderer, durch unsere Möglichkeit, Arbeit gegen Materialien und Erfindungsgeist einzutauschen, durch die Kooperation vieler Erfinder wird es uns ermöglicht, uns über die anderen zu erheben. Mein Geist ist jedem anderen überlegen, und mein Reichtum ist unübertroffen in dieser Welt – doch wäre ich nichts, wenn ich nicht die Abhängigkeiten verständen hätte, in denen ich mich befinde. Da die Menschen jedoch meist naiv sind, da sie sich davor sperren, über Hypothesen ernsthaft und bis zum Ende nachzudenken, da sie egoistisch und unbeständig sind, konnte ich ermitteln, wie ich sie am besten beeinflussen kann, sodass sie mir gewogen bleiben. Die Welt ist mein Spielball, und die Menschheit ist ein kleiner, aber nicht zu vernachlässigender Teil davon.

Aber es gibt einen Teil, der mir noch immer Sorgen bereitet. Ich habe zwar im Spiel mit der Menschheit, den Territorien und den Gütern gewonnen, doch sind dies alles keine Dinge, die Bestand haben. Territorien sind lediglich Markierungen auf einer Landkarte. Die Menschen geben ihnen unbegreiflich patriotische Bedeutungen, und es schmerzt mich, dass die wenigsten einsehen können, dass die Fiktion der Grenzen sie nur so weit beeinflusst, wie sie es in ihrer Vorstellungskraft zulassen. Sie verwenden unbegreiflich viel Energie und Einfallsreichtum darauf, sich von anderen abzugrenzen und sich Bindungen einzubilden. All das nur, weil jemand eine Linie auf einer Landkarte gezeichnet und es ihnen mitgeteilt hat. Menschen sind unfassbar dumm in ihrem Einfallsreichtum, und den wenigsten ist bewusst, inwiefern sie sich selbst über jene Dinge definieren. Fast werde ich dazu verleitet, ein paar Linien auf den Landkarten neu zu ziehen und jene Konflikte zu beobachten, die sich daraus ergeben könnten. Leider fehlt mir dazu die Zeit. Denn obwohl ich in fast jedem Spiel auf dieser Welt der absolute Gewinner bin, mangelt es mir doch in einem Bereich, und ich drohe, dort zu scheitern.

Ich drohe, im wichtigsten aller Spiele zu scheitern. Zur Belustigung könnte man ihm den Namen „Spiel des Lebens" geben. Wir alle sind dort bislang gescheitert. Für jeden von uns kommt einst der Tag, an dem wir scheitern werden. Niemand von uns hat bislang verstanden, wie wir dieses Spiel gewinnen können, und kaum einer hat es jemals wirklich versucht. Viele von uns träumen davon, aber sind unfähig, Hypothesen zu entwickeln, sich diesem Ziel auch nur zu nähern. Sie sehen es als unrealistisch an, abseits dessen, was bisher war. Sie denken, wenn es möglich wäre, hätte sich schon jemand diesem Ziel nähern können. Sie sind so unglaublich dumm...

Aber ich muss zugeben: Wenn ich tatsächlich von weniger Dummheit in dieser Hinsicht gesegnet sein sollte, ist dies wohl kaum merklich. Ich bin kaum dazu in der Lage, den Schritten rückwärts die nötige Bedeutung zuzumessen. Meine Hypothesen verkeilen sich allzu oft in Vorstellungen, die die Jahrtausende überdauert haben müssen. Aus diesem Grund scheint es beinahe unmöglich, dass ich mein Ziel erreichen kann. Aber es ist nicht aussichtslos, und solange ich nicht vergangen bin, werde ich danach trachten, dass dies auch niemals geschieht.

Hierbei müssen mir andere zur Hilfe eilen. Denn es fällt oft schwer, eigene Fehler zu erkennen. Man will dem Gedanken, nicht perfekt zu sein, einfach nicht zu tiefgreifend nachgehen. Darüber nachzudenken schmerzt zu sehr und lässt einen an sich selbst zweifeln. Zugleich sind wir, mich eingeschlossen, unglaublich gut darin, andere auf ihre vermeintlichen Unfähigkeiten aufmerksam zu machen. Aus diesem Grund habe ich sie herbeigeholt, die am wenigsten verbohrten Köpfe, die ich in all den Jahren habe ausfindig machen können. Ich hoffe, dass ich freudig ihre Fehler identifizieren kann, um sie nicht die meinen nennen zu müssen. Und wenn ich sie gefunden und die Schritte verstanden habe, so wird sich mir hoffentlich ein Weg offenbaren, der mir Inspiration verleiht. Diese Inspiration wird dazu führen, dass ich die Realität zwingen und die Wirklichkeit verbiegen werde, sodass sie für euer aller Augen zur Unkenntlichkeit verzerrt wird. Und dieser Tag wird endlich meinen Sieg verkünden. Den wichtigsten aller Siege, der allem überhaupt erst Bedeutung verleihen wird. Denn was ist alles wert, was ich in meinem Leben erlange, wenn ich das, was am Wichtigsten ist, am Ende verliere? Ihr werdet zugrunde gehen, aber ich werde auf ewig erhalten bleiben.

III

Natürlich war es wie immer. Was genau hätte ich auch anderes erwarten sollen? Auch die Gedanken der vermeintlich offensten und hellsten Köpfe dieser Welt verschließen sich, wenn man über das in ihren Augen Unmögliche und Unrealistische spricht. Es sollte ihnen gar nicht wert sein, darüber zu sprechen. Denn wozu könnte das unmöglich Hypothetische schon führen, wenn es nicht einmal die kleinste Wahrscheinlichkeit gäbe, es zu vollbringen? Doch so kleingeistig diese Gedanken auch sind und so sehr sie mich in Unruhe versetzen, mich provozieren und verzweifeln lassen, so sehr helfen sie mir natürlich auch. Aber diese Hilfe ist retrospektiv. Es bedarf Zeit, meine Gedanken zu ordnen. Diese Ordnung herzustellen könnte um so vieles leichter gehen, würden sich jene Spitzen der Gesellschaft nicht der simpelsten Wahrheit verschließen.

Es ist so einfach. Jeder Gedanke ist im Prinzip immer möglich. Um einen Gedanken der Unmöglichkeit zuzuführen, muss man Konditionen einführen, die dies negieren. Und diese Konditionen müssen extrem sein und jene Hypothesen so stark restringieren, dass sie zur Unkenntlichkeit verzerrt werden. Bislang bin ich noch niemandem begegnet, bei dem ich hätte erkennen können, dass er diese Wahrheit verstanden hätte. Das Obskure ist, dass Menschen grundsätzlich denken, es verhielte sich genau gegenteilig. Und dieser Trugschluss erschwert unsere Entwicklung und beraubt uns so vieler Möglichkeiten. Die Fortschritte der Menschheit sind so minimal im Vergleich zu dem, was sie sein könnten, würden Menschen grundsätzlich ihren Gedanken und nicht ihrer Lebenswirklichkeit Vertrauen schenken. Denn jene vermeintliche Wirklichkeit wird durch unsere Gedanken maßgeblich kreiert. Die Überheblichkeit zu besitzen, anzunehmen, dass unsere Gedanken die Realität erfassen und für uns aufbereiten würden, ist das Lächerlichste, Hinderlichste und Dümmste, was ich in meinem Leben ausfindig machen musste. Leider bin auch ich in dieser Absurdität gefangen und kann mich nicht davon lösen, mich täglich zu beschränken und meine Entwicklung zu begrenzen. Mein ganzes Leben hatte ich gehofft, dass es mir eines Tages möglich sein würde, aus dem Gefängnis auszubrechen, das ich selbst für meine Kreativität geschaffen hatte. Dass ich dazu in der Lage wäre, Flügel zu erschaffen, die mich über alle Hindernisse dieser Welt hinweg tragen würden. Doch dies ist mir nicht gelungen. Ich bin kurz davor zu scheitern, mein Leben zu verwirken, endgültig dieses absurde Spiel zu verlieren. Doch noch gebe ich nicht auf.

Vielleicht sollte ich positiver klingen. Denn ich habe bereits herausgearbeitet, an welchen Stellen mein Verstand blockiert und ich mir nicht eingestehen kann, dass es etwas geben könnte, das diese Welt und mein Leben derart korrumpiert, dass es seine Endlichkeit verliert. Andererseits ist Skepsis angebracht, denn mir bleibt nicht mehr viel Zeit, um meine Lebenszeit auf ewig zu verlängern. Die Ketten meines Verstandes zu sprengen, ist kein Unterfangen, das mir oder irgendjemandem sonst jemals in einem solchen Ausmaß gelungen wäre. Wir alle stehen uns selbst im Weg. Allzu oft blockieren wir unseren Erfolg, da wir in den Normen leben, die bereits vor Ewigkeiten erfunden, weitergegeben und in Generationen durch Tradition gefestigt wurden. Es gibt so viel, das uns erst mit der Zeit bewusst wird, sollten wir es denn jemals in uns entdecken, das seinen Ursprung in einer Zeit hat, die wir uns kaum vorstellen können.

Doch es ist Zeit, das Lamentieren zu beenden. Ich suche doch nur nach Rechtfertigungen dafür, dass es mir nicht gelungen ist, das Unmögliche zu ermöglichen. Was wäre es für eine Schande, wenn ich meinen Verstand und meine Träume beenden müsste, weil ich zu dumm, kurzsichtig und feige war, sie zu verteidigen.

Die Welt ist anders, als ich sie mir jemals vorgestellt hatte. Es ist seltsam, dass sie so unzählige Facetten in meinem Leben beleuchtet. Ich bin jeden Tag, zu jeder Stunde und in jeder Sekunde eine andere Person. Ich befinde mich im stetigen Wandel und fühle so viele unterschiedliche Dinge. Aber nicht nur das – auch die Welt ist jeweils eine vollständig andere. Meine Seele spiegelt die Welt, nicht die Welt spiegelt sich in meiner Seele. Ich kreiere sie, ich forme sie, ich bestimme über sie. Dies ist die tägliche Routine, die jeder von uns unbewusst unternimmt. Aber diesen Spiegel werde ich nun zerschlagen, ich werde hindurchgreifen, die Realität festhalten, schmelzen und neu formen. Manchmal hört sich dies an, als würde ich ein grausames Verbrechen begehen. Doch ist es wirklich so anders als unser tägliches Leben?

Ich kann dies wohl nicht beurteilen, da ich es ja nicht einmal erreicht habe. Erst auf das Erreichen folgt in der Regel das Verstehen. Und erst lange nach dem Verstehen folgt das Bewerten. Wie sollten wir etwas bewerten, das wir noch nicht einmal im Ansatz begriffen haben? Unsere Fantasien sind nobel und unschuldig, so grausam sie auch sein können. Unsere Kreativität erlangt erst in der Praxis wahre Grausamkeit. Zuvor ist sie durchdrungen von träumender Romantik, die unseren Leben erst ihren wahren Wert verleihen kann. Also bleibt abzuwarten, wer ich sein werde. Der träumende König, der auf Ewigkeit in schillernder Ekstase über dieser Welt thront, oder der wahnsinnige Irre, der das Entsetzen erschaffen hat, das niemals wieder aus unserer Existenz getilgt werden kann? Im schlimmsten Fall werde ich scheitern, und wir werden es niemals erfahren.

IV

Wie beschreibt man das Undenkbare? Ihr könnt es vielleicht bereits erahnen. Es ist mir – um es verständlich auszudrücken – gelungen. Doch dieses Wort ist nicht passend – oder sollte ich sagen diese Worte? – noch sind es die folgenden. Sprache ist kein geeignetes Mittel zur Beschreibung jener Dinge, die ich erfahren habe. Sprache ist lediglich dazu geeignet, das zu erfassen, was sie uns denken lassen will. Was die Menschen zu denken beschlossen haben, die jene Sprache in Generationen kultiviert haben. Sprache ist unser Werkzeug, durch Sprache erlangten wir Macht und machten uns die Welt Untertan. Doch nicht nur das. Macht ist gleichbedeutend mit Zwang. Nicht nur für den Beherrschten, sondern auch für den Herrschenden. Um ein Verständnis für Macht zu entwickeln, müssen wir uns auf jene Muster beschränken, die sie ermöglichen. Und in diesen Verhältnissen bilden wir uns ein, es gäbe Genuss und Faulheit, Fleiß und Ausbeutung. Doch tatsächlich sind dies nur Gegebenheiten, denen wir Namen geben, um uns selbst zu erhöhen, zu beschweren oder zu rechtfertigen. Wir erklären uns und andere zu Königen und Sklaven, aber in Wirklichkeit sind wir weder das eine noch das andere. In Wahrheit sind diese Worte hohl und haben tragen ihre Bedeutung lediglich in der Kreativität der Sagenden. Jene Konzepte sind akzeptierte und gefestigte Muster in dieser Welt. Wir fügen uns ein, akzeptieren, versuchen auszubrechen. Doch alle sind zufrieden mit jenen Begriffen. Sie finden sich in ihnen wieder, da sie diese Begriffe seit ihrer Kindheit ihr Eigen nennen. Sie wurden ihnen von ihren Vorfahren vererbt, und jene haben sie von ihren Vorfahren erfahren. Wir könnten diese Kette zurückverfolgen und eine Genese der Begriffe vornehmen. Doch was wir finden würden, ist lediglich ein Hinweis darauf, wie wir Menschen uns einst von der Wirklichkeit entfernten, um das Sagbare zu erschaffen. Wir sind ein unglaublich mächtiges Volk, dass wir diese Traumwelt der Wörter erschaffen konnten. Doch sind wir auch blind und bilden uns ein, die Krone der Schöpfung zu sein, da wir jenes Gefängnis erschufen. Dies ist unser goldener Käfig.

Die wahren Träume liegen außerhalb unserer Worte. Sie offenbaren sich uns, wenn wir die Gedanken endlich überwinden. Ich ahne, wie absurd dies für euch klingen mag, doch ich versuche, euch einen Prozess mit einem Mittel begreifbar zu machen, den jenes Mittel zu verhindern versucht. Der Ausbruch aus der Kreativität hinein in die Wirklichkeit ermöglicht mehr, als das Wort „ermöglichen" vorzustellen vermag. Es ist größer, als das Wort „groß" zum Ausdruck bringen kann. Es ist kreativer, als das Wort „Kreativität" überhaupt vorstellbar macht. Es lässt mich begreifen, dass ich nichts war und nichts sein werde, und doch bin ich alles. Und durch dieses Verständnis konnte ich auf die höchsten Gipfel des Verstehens fallen, sodass ich ewig im Abgrund über allem thronen werde. Die trickreichen Worte „Wahrheit" und „Wirklichkeit" bringen mich zum Lachen. Das Verb „sein" ist wohl jenes, welches unsere Welt am ehesten beschreibt, und doch ist es auf eine so absurde Weise verzerrt, dass mein weinendes Lachen kaum hörbar auf der ganzen Welt verhallt, während ich darüber nachdenke.

Was soll ich sagen? Ich habe nach der Ewigkeit gesucht, und nun habe ich sie erhalten, oder auch nicht. Aber ich werde aufhören, euch begreiflich machen zu wollen, was dies bedeutet, und zurück zu jenen Metaphern wechseln, die euch besser verständlich sein sollten. Ich habe mich zwar von ihnen gelöst, aber bin ihnen so weit verhaftet, dass ich sie weiterhin benutzen kann und muss. Auch wenn mich jedes Wort schmerzt, das ich formulieren werde, und es mir wie ein Dolch in der Brust steckt, während ich Blut spuckend jenes Mittel verwende, das mich so lange im goldenen Käfig der Kreativität gefangen hielt.

Aber was ist geschehen? Ich denke, es wird ein amüsanter Schmerz, euch davon zu berichten, wie ich die Wirklichkeit neu geformt habe und weiterhin verhaftet bleibe, wo es nichts zum Haften gibt. Die Einheit von Geist und Körper stellt uns allzu oft vor Herausforderungen. Ich selbst hatte mir stets eingebildet, dass es mein Körper sei, der für alle unsäglichen Dinge verantwortlich ist. Der Lust und Verlangen verspürte und mich dazu zwang, jenen Lüsten nachzugehen, während sich mein tugendhafter Geist im stetigen Kampf mit ihm befand. Natürlich ist dies nicht wahr. Und doch beinhaltet es mehr Wahrheit, als ich in meinem Leben zuvor erfahren hatte. Was wollte ich eigentlich bewahren? War es mein Körper? War es meine Lust? Mein Verlangen? Oder waren es meine Tugenden, auf die ich so stolz war? Natürlich konnte ich das eine nicht ohne das andere. Ich hatte mir stets gewünscht, tugendhaft in der Ewigkeit zu existieren und nicht jenen körperlichen Zwängen unterworfen zu sein. Doch wie konnte ich dies wollen, ohne ein

Verlangen danach zu besitzen? Jenes Verlangen wurde doch durch meinen Körper impliziert. Es hat sich seit jeher angefühlt wie ein Paradoxon, obwohl es so simpel zu lösen schien. Gefühle, Logik, Sprache... all dies vereinte sich in einem unbeschreiblichen, wohltuenden Grauen, das meine Existenz seit jeher beherrschte. Auf eine gewisse Art bin ich diesem noch immer verfallen, jedoch hat sich die Struktur grundlegend verändert. Ich versuche, es in verständlichen Metaphern auszudrücken.

Mein Körper begann zu schwinden, und dies ist eine unverrückbare Tatsache. Dies ist, wie Zeit funktioniert. Zeit wird in Vergehen gemessen und ist eine viel zu hohe Metapher, als dass wir sie jemals wirklich begreifbar machen könnten. Wir denken, wir könnten sie messen. Aber sie eröffnet im Sinnieren so viele Fehler der Logik, dass früh verständlich sein sollte, dass unsere Kreativität etwas geschaffen hat, das so fern jeder Realität sein muss, dass es kaum auszuhalten ist. Und doch ist Zeit eine unserer grundlegendsten Metaphern. Sie bildet die Basis für fast alle unsere Denkmuster. Es ist absurd, dass es grundlegenden Kategorien sind, die unser Leben und Denken am intensivsten bestimmten. Teilweise geschieht dies unbewusst, teilweise bewusst, und immer liegen wir mit unseren Annahmen grundlegend falsch.

Ich konnte weder die Zeit manipulieren, noch habe ich meinen Körper, meinen Geist oder die Realität neu geformt. Auch wenn ich all dies bis zur Unkenntlichkeit verzerren konnte und mir etwas zu eigen gemacht habe, das nicht existiert. Es ist die Ewigkeit. Mein Körper existiert begrenzt, doch Materie ist unbegrenzt.

Gedanken sind materielos und materieabhängig zugleich. All dies ist in mir vereint. Ich werde noch eine Weile nutzen, womit ich mich seit meines bewussten, diese Gedanken schöpfenden In-die-Welt-Tretens identifiziert habe. Ich werde die für euch hohle Maskerade aufrechterhalten und mich darüber amüsieren, was ihr zu meinen hohlen Augen und den bleichen Knochen sagen werdet, die in einiger Zeit, in einigem Vergehen oder in Realität vor sich hin klappern. Aber ich muss euch warnen. Es ist nicht nur eine einzelne Gestalt, die auf groteske Weise alle Hürden überwunden hat und zu etwas geworden ist, das die Kreativität dieser Wirklichkeit nicht zuließ. Wir sind alle verbunden, und es war mir unmöglich, dieses Geschenk nur mir zuteilwerden zu lassen. Zumal der Ausdruck „Ich" eine Beschreibung ist, die fern jeder Wirklichkeit liegt. Ich habe noch nicht verstanden, in welchem Zyklus ich für euch wahrnehmbar sein werde, aber ich werde die Augenblicke genießen, in denen sich eure Welt verfinstert und sich aus den Schatten mein Reich der Ewigkeit erhebt. Mein hohles Lachen wird euch in die tiefste Verzweiflung werfen, und ich bin gespannt, ob es jemals wieder eine Identität wie mich unter euch geben wird. Obwohl dies natürlich längst entschieden ist, ohne dass es wirklich etwas geben könnte, das Entscheidungen zu treffen in der Lage ist.

V

Heute bin ich euch bekannt als der grauenhafte Fluch
der Jahrhunderte. Der dunkle König in seinem verbannten Schloss, das nur in wenigen Generationen
seinen Weg zurück in die Welt findet. Abgeschottet im
Strom der Zeit fließt mein Königreich und ist verzerrt
von jenem Strudel der Vergänglichkeit, den ich zu
überlisten imstande war. Aber für euch und für mich
ist dies keine List. Für mich ist es eine Erkenntnis, und
für euch ist es die Strafe der Götter. Jener Wesen oder
jenes Wesens, das ihr in euerer Tollwut verehrt. Dem
ihr euer Sein und euer Vergehen anvertraut. Ich habe
es gesehen. Ich habe es getötet. Und ich habe alle anderen getötet, deren Namen ihr preist. Natürlich sind
sie nicht vergangen, denn dies wäre absurd. Ihr dürft
sie weiterhin blind verehren und der Absurdität folgen, die sie hinterlassen. Hass und Krieg, Liebe und
Leidenschaft, die aus ihnen folgen, sind mir gleich. Ihr
folgt dem Pfad der Zerstörung und der Seligkeit, den
ich durchbrechen konnte. Meine Präsenz ist in die
Tempel gefahren und hat sie verhöhnt. Ich habe über
die Priester gelacht und den Engeln ihre Flügel her-
ausgerissen. Ich bin der hohle Schädel des Verderbens.
Ich bin das Glück, der Sprenger der Ketten, der Egoist
und der Fluch. Ich habe erlangt, was ich mir seit jeher
gewünscht hatte. Wobei zu behaupten, man würde etwas erlangen können, der Gipfel der Inadäquatheit ist.

Lasst es mich auf eine verständlichere Weise beschreiben. Mein verfluchtes Schloss verschwindet für
euch, da ihr nicht erfassen könnt, was außerhalb eurer
Fantasie existiert. Eure Kreativität stellt den imagi-

nierten Fluch dar, den ihr vermeintlich identifizieren konntet. Ihr nennt mich den Fehlgeleiteten, und nur in wenigen Momenten überhaupt ist es euch möglich, von mir zu sprechen. Aber meine Hinterlassenschaft, mein Erbe, mein Reich, all dies ist verschwunden aus euren Erzählungen. Der wahnsinnige König, der die Götter herausforderte und von ihnen verbannt wurde, ist geblieben. Derjenige, der dachte, er könnte sein Schicksal überlisten, fiel in Hybris und endete im erbarmungslosen Sog der Zeit. Ihr, die Aufgeklärten, habt es verstanden, mich vollständig aus eurer Welt zu tilgen. Doch für diejenigen, die dem Aberglauben verfallen sind, bleibe ich bis heute ein Mahnmal aus alter Zeit, das euch den Schrecken bewusst macht, der geschehen kann, wenn man seine Rolle nicht zu akzeptieren bereit ist. Niemandem von euch gelingt es jedoch gänzlich, mich zu verdrängen. Die Leistung, die von eurer Kreativität gefordert wird, ist zu groß. Aus diesem Grund schleicht sich das stetige Gefühl des Unwohlseins in euren Verstand. Es vergiftet eure Emotionen und überträgt sich auf eure Erben. Unregelmäßig wird der Druck zu hoch, der auf euch lastet. Die kreative Hürde ist nicht mehr zu meistern. Und ganz gleich, wie sehr ihr euch in Gemeinschaft anstrengt, zu negieren, was aus mir geworden ist, ihr müsst es ertragen. So wendet ihr den Filter an, der euch dazu befähigt, eure Moral zu preisen. Eure Augen sind der trügende Schlüssel zu diesem makabren Spiel. Ihr könnt nicht verstehen, wo eure Augen euch trüben. Aus diesem Grund erkennt ihr das Schloss des Grauens, in dem sich jene armen, vom Schicksal verstoßenen Seelen befinden, die ich in meiner Gier mit mir in den Abgrund des Schreckens riss. Gemeinsam feiern wir in thronender Dekadenz das Fest der Ewigkeit, uns unbewusst, welchen Preis wir dazu zahlen müssten. Ihr denkt, dass auch dieses Fest eines Tages sein Ende finden müsste, denn unsere Körper befinden sich im ewigen Vergehen. Und selbst wenn unser Geist in diesen toten Körpern gefangen ist und sie sich weiterhin bewegen, so werden doch auch sie eines Tages zu Staub zerfallen und vom ewigen Wind des Vergessens davongetragen werden.

Ihr denkt, ich sei der König der Gier, der seine Reichtümer nicht loszulassen imstande war und noch immer an ihnen haftet. Dass ich selbst diesen Fluch auf mich genommen hätte, um mich nicht vom Rausch des Goldes zu lösen. Doch ihr verkennt mein hohles Lachen, denn dieses gilt euch. Ihr seid das Traurigste, was ich mir nun noch vorzustellen in der Lage bin. Ihr verkennt alles, was nicht in euren Geist hineinpassen will. Jenen Geist, der sich seit Generationen geformt und von allen Dingen gelöst hat. Jenen Geist, der lediglich beschreibt, was zusammenhängt, aber niemals dazu in der Lage ist, wirklich zu verstehen wie und warum. Was hat es euch gebracht, in der Wissenschaft Zuflucht zu finden? Ich will nicht abwertend sein, denn in eurer Sprache müsste sich diese Abwertung selbst widersprechen. Natürlich ist die wissenschaftliche Sprache die einzig zulässige, wenn man Sprache benutzen will. Alles andere ist lediglich eine sarkastische Art, den eigenen Verstand und die eigene Logik zu verhöhnen. Aber es ist erheiternd, wie sehr sich die Kreativität der Menschen bemüht, zum einen in alten Traditionen verloren zu gehen und andere Dinge anzubeten, die lächerlicher nicht sein könnten. Und zum anderen der wissenschaftlichen Sprache ein Muster zu verleihen, das sie selbst zu einem Dogmatismus werden lässt. Ihr euch selbst begrenzenden Existenzen seid Meister darin, euch selbst zu widersprechen und zu karikieren. Eurer Inkonsistenz nicht bewusst, seht ihr euch als weit erhoben und fähig, Urteile zu fällen, die ihr niemals verstehen könntet.

Meine Existenz ist ewig, erleuchtet, unbegrenzt, erheiternd, tragisch und final. Einem hellen Geist mag schon lange aufgefallen sein, dass Stillstand von euch prognostiziert werden muss. Die Frage nach dem Glück muss ich also verneinen. Aber nicht nur diese. Ich verneine alle eure Fragen, denn im ewig schönen Schloss der Geister und Schatten hat all dies seine Bedeutung verloren und gewonnen. Stillstand und Fortschritt sind Dinge, derer ich mich entledigen konnte. Doch ihr werdet dies niemals verstehen können, denn ihr lebt in ständiger Furcht vor Veränderung und der andauernden Langeweile der Gewohnheiten. Natürlich musste eure Kreativität eine Existenz außerhalb eurer Kategorien verbannen und ihr stattdessen andere unpassende Denkmuster aufpressen. Aber dies tangiert mich nun nicht mehr. Ich verabschiede mich von euch und widme mich meiner ewigen Existenz. Ich frage mich, ob es einen unter euch gibt, der diese Worte eines Tages zu entschlüsseln vermag.

Zorn des Chaos

I

Götter und Dämonen.... Dies ist die Wahrheit, die mich jeden Tag konfrontiert. Dies ist meine Realität, mein Ursprung, meine Bestimmung. Ich bin ein Kind, das so sehr mit dem Wesen dieser Welt verwoben ist wie wahrscheinlich kein anderes. Denn ich stehe abseits und integriert wie kein zweiter in diesem Kampf, der seit jeher das Wesen unserer Wirklichkeit bestimmt.

Wir alle haben den gleichen Ursprung. Unsere Mutter ist das Chaos, aus dem heraus wir eines Tages in das Licht der Welt getreten sind. Diejenigen, die für das kämpfen, als was ich geboren wurde, mögen dies vielleicht verneinen. Doch ich habe den Ursprung ergründet und muss ihnen widersprechen. Die Gerechtigkeit, die sie predigen, ist nicht das Licht. Sie kämpfen nicht gegen die Dunkelheit, sondern sie entstammen jenem chaotischen Urstrudel, der unsere Realität geschaffen hat. Heute behaupten sie, dass es die Dämonen wären, die dem Meer des Chaos entsprungen sind, was auch nicht falsch ist. Doch sie selbst grenzen sich davon ab. Das Leugnen unseres Ursprungs ist wahrscheinlich der Grund, weshalb ich, obwohl ich als einer der mächtigsten Diener der Götter in diese Welt gekommen bin, diese heute ablehne. Das Licht, das sie preisen, und die Gerechtigkeit, die sie predigen, sind nichts weiter als Silhouetten, die dem chaotischen Strudel entsprungen sind, aus dem heraus wir alle geschaffen wurden. Es ist wohl die ultimative Form des Rassismus und der Selbsttäuschung, diesen Idealen zu folgen.

Aber auch die Gegenseite lehne ich ab. Während

die Götter dem Chaos entgegenwirken und versuchen, sich mittels ihrer Regeln weiter von ihrem Ursprung zu entfernen, agieren die Dämonen in die entgegengesetzte Richtung, doch ebenso wenig reflektiert. Sie streben rückwärts gewandt hin zum Meer des Chaos, ohne darüber nachzudenken, weshalb es ihnen danach verlangt und wie eine so gestaltete Zukunft aussehen könnte.

Es ist absurd, aus welchen Gründen wir Kriege führen. Meine Familie und alle anderen meiner Art wurden von unseren Verbündeten verfolgt. Diejenigen, die an unserer Seite uns untergeordnet den Göttern dienen sollten, um deren Herrlichkeit zu preisen und den Dämonen Einhalt zu gebieten, waren von tiefer Furcht und Eifersucht zerfressen. Sie waren neidisch aufgrund unserer Macht und unserer Position. Sie wollten wie wir sein. Sie wollten auf die gleiche Weise von den Göttern geliebt werden, wollten unsere Privilegien genießen und mit unserer Stärke ausgestattet sein. Sie dachten, dass das Gold ihrer Schuppen ein Symbol für die erhobenste Position in dieser Welt sei. Doch mein Volk war ihnen ein Dorn im Auge. Wir hatten alles, was sie wollten, und würden sie auf ewig davon abhalten, an der Spitze zu stehen, da sie uns nicht gewachsen waren. Wir waren die Herrscher dieser Welt. Eingesetzt von den Göttern und die Frontkämpfer im Gefecht gegen jene Entitäten, die ins Meer des Chaos zurückkehren wollten. Welche Absurdität diese Welt hervorgerufen hat, indem sie uns, die stärkste Waffe der selbsternannten Gerechtigkeit, durch den Verrat der Goldenen zugrunde gehen ließ. Die Bilder jenes Massakers sind bis heute eingebrannt in meinen

Verstand.

Damals, als ich noch ein kleiner Junge war, habe ich erfahren müssen, was es bedeutet, alles zu verlieren. Ich musste erkennen, dass es die Gier ist, die uns alle leitet. Die Gier der Gerechtigkeit entstammt der Ordnung. In einer Welt, in der alles seinen Platz hat und Strukturen gleichbedeutend mit Wahrheit und Realität sind, sind es Positionen, Hierarchien und Ressourcen, die darüber bestimmen, wer du bist. Wenn deinem Leben aufgrund dieser Kategorien ein Wert zugeordnet wird, ist es kein Wunder, dass Neid und Gier aus dem Versuch erwachsen, eine gerechte Welt zu erschaffen. Indem wir vergessen, dass Kategorien nicht absolut sind, sondern lediglich relative Gebilde, erschaffen wir das Missverständnis, dass es möglich wäre, selbst aufzusteigen, indem wir andere unterdrücken. Dass dies an uns selbst gar nichts verändert, außer dass wir Grausamkeiten in diese Welt tragen, haben wir aufgehört zu begreifen. Nur weil ich einen anderen zu Fall gebracht und seine Position erbeutet habe, hat sich an mir nichts geändert. Ich habe lediglich bewiesen, dass ich dazu imstande bin, dem Leben anderer seine Wertschätzung abzusprechen. Es ist wohl die größte Grausamkeit, die unser Verständnis von Gerechtigkeit hervorgebracht hat. Die Verteilung von Gütern als Grundprinzip jener Wertung zu begreifen, ist die Grundlage dafür, anderen danach zu trachten. Wenn wir vom Frieden träumen, ist die Welt, wie die Götter sie erschaffen wollen, am weitesten davon entfernt. Selbst die Dämonen, die nach dem Chaos streben und denen die Zerstörung dieser Welt als höchstes Ideal gilt, sind nicht so grausam wie die Ideale der Götter.

Ich denke, ich bin gesegnet, dass ich diese Grundprinzipien begreifen kann. Es ist ein Privileg, dass ich die Welt aus einer anderen Perspektive begreifen konnte. Erwachsen aus dem Niedergang meiner Familie und meiner Art, musste ich mich auf die Flucht vor jenen begeben, die ich einst als meine Freunde betrachtet hatte. Ich floh vor den Dienern der Götter, die meine Art einst als höchste Wesen auserkoren hatten. Ich musste dorthin, wo ich in Sicherheit vor dem war, woran ich einst glaubte und nach dessen Grundsätzen ich einst gelebt hatte. So fand ich Zuflucht bei dem einzigen Wesen auf dieser Welt, das sich zu jener Zeit nicht meinen Tod gewünscht hatte. Jener Dämon, der selbst von den seinen verbannt wurde, erkannte mich als seinen Schutzbefohlenen an. So fristeten wir ein Leben abseits des Krieges, verbannt von jenen, zu denen wir uns einst zugehörig gefühlt hatten. Beraubt unserer Familien.

II

Ich habe nie begriffen, was du in diesem Mädchen gesehen hast. Weder war es daran interessiert, sich unserer Sache anzuschließen, noch erschlossen sich durch sie irgendwelche Geheimnisse über unsere Feinde. Aber was verstehe ich schon von den schillernden Personen der jeweiligen Zeit? Sie ist selbst für einen Menschen noch jung, und ihr chaotisches, rot wehendes Haar ist überaus passend zu ihrem wilden Charakter. Sie widersetzt sich allen. Göttern, Dämonen und auch uns. Sie hat kein Interesse an unserer Sache und auch an sonst nichts, außer ihrem eigenen Vorteil. Sie ist der Inbegriff eines im Ideal der Gerechtigkeit sozialisierten Egoisten. Nur, dass sie kein Interesse an Hierarchien und Strukturen hat und es lediglich auf die Ressourcen abgesehen zu haben scheint. Warum also sollten wir uns intensiver mit ihr beschäftigen? Ich verstehe nicht, was du, mein Retter, an ihr findest. Ich weiß nicht, weshalb die Diener der Götter nach ihr rufen und weshalb jene Dämonen, deren Macht denen der Götter gleicht, sie auf die Probe stellen. Alle Augen sind auf das menschliche Mädchen gerichtet, das für ihr kurzes, fragiles und junges Leben eine viel zu große Macht angehäuft hat.

Wahrscheinlich ist es der Glanz, der von ihr ausgeht, der mich abschreckt. Ich bin nicht daran interessiert, nach dem zu trachten, nach dem die anderen streben. Es erscheint mir als zu gewöhnlich, eine Entscheidung zu treffen, die derart offensichtlich ist. Selbstverständlich befindet sich in ihrem kleinen zerbrechlichen Körper eine hohe Konzentration an Macht. Darüber hinaus entspringt sie jener Rasse, die nicht von Geburt an nach Gerechtigkeit oder Vernichtung strebt. Sie ist frei in ihrem Wirken, wie es die Menschen nun einmal sind. Mein Desinteresse ist wahrscheinlich nicht echt, und ich bin in Wahrheit von Eifersucht geleitet. Sie hat alles, was ich einst besaß, was ich heute besitze und schon immer sein wollte. Noch dazu fehlt ihr jene Eigenschaft, die mich am Leben hält. Denn sie kann ganz ohne Zorn und ein idealisiertes Ziel in dieser Welt existieren. Sie benötigt weder Hass, noch Zerstörungswut, noch das Gefühl, die Welt in Kategorien zu sortieren. Sie ist wahrscheinlich mit allem Beneidenswerten gesegnet, und alle Mächte versuchen, sie auf ihre Seite zu ziehen und für ihre Zwecke zu nutzen. Es ist ekelhaft, wie sich jene anbiedern, die selbst für mich einst nur abstrakte Größen von unvorstellbarer Macht waren.

Es ärgert mich, dass mein Retter in dieses Spiel eingestiegen ist. Was verspricht er sich davon? Wieso lässt er sich vom Glanz dieses Mädchens blenden? Weder ist sie seiner würdig, noch hat sie Interesse daran, uns zu unterstützen. Doch seine Reise ist nicht nur sinnlos, sondern auch gefährlich. Jene Mächte, die uns am liebsten vom Antlitz dieser Welt getilgt hätten, sind ebenfalls auf der Suche nach ihr. Sie ist stets umgeben von den Dienern der Götter und Dämonen und schafft es sogar, diese zu einer amüsant obskuren Allianz zu zwingen. Wir sollten uns fern halten von ihr, denn wir wären nicht die ersten, die ihren Weg kreuzen und vergehen würden. Es ergibt zwar nicht den geringsten Sinn, dass sie jemanden wie dich, meinen Schutzpatron, in die Knie zwingen könnte, aber auch die Hürden, die sie bislang gemeistert hat, hätten für sie eigentlich unüberwindbar sein sollen. Dennoch ist sie am Leben, und jene Entitäten, deren Macht selbst ich nicht zu erfassen in der Lage bin, sind vergangen. Es kursieren verschiedene Gerüchte darüber, wie es ihr gelungen sein mag, diese auszulöschen. Es heißt, sie verfüge über Anrufungen, die sich der Kraft des Königs der Dämonen bemächtigen. Aber dessen höchsten Dienern hätte sie damit wohl kaum die Stirn bieten können. Aus diesem Grund vermuten nicht wenige, sie würde sich der Macht des Chaos selbst bedienen. Diese Vorstellung ist jedoch zu obskur, schrecklich und beängstigend, als dass ich gewillt bin, ihr Glauben zu schenken. Einerseits wüsste ich nicht, wie ein menschliches Wesen sich das Wissen hätte aneignen können, sich einen Zugang zu jener Kraft zu verschaffen, die die Götter fürchten und die Dämonen verehren. Andererseits kann ich mir nicht vorstellen, wie der Körper dieses Mädchens dazu in der Lage sein sollte, jene Mächte zu kanalisieren.

Darüber hinaus ist die Vorstellung, dass sie das gesamte Sein im Chaos versinken lassen könnte, sollte ihr auch nur der kleinste Fehler unterlaufen, nicht gerade beruhigend. Daher hoffe ich, dass all dies nur Spekulationen aus dem Reich der Fantasien sind. Dennoch hat sie sich bisher gegen jene Mächte behauptet, deren Konfrontation ich aus Angst meide. Außerdem hat sie das Interesse jener geweckt, die nun versuchen, im neu entstandenen Machtvakuum ihre Rolle zu finden.

Ich hoffe nur, dass du, mein Retter, nicht auch der Illusion erlegen bist, du könntest sie auf deine Seite ziehen. Denn ich fürchte um dein Ende im Spiel der Mächte, denen wir geschworen haben, bis zum bitteren Ende zu trotzen.

III

Was ist es, das dich antreibt, du rote Teufelin? Wie vermutet, hast du das Angebot meines Retters ausgeschlagen und es dir sogar herausgenommen, ihn herauszufordern. An seinem Tod trifft dich dennoch keine Schuld, denn trotz der Mächte, die du dir angeeignet hast, war es dir nicht möglich, ihn zu bezwingen. Durch die Aufmerksamkeit, die stetig auf dir liegt, haben ihn jedoch Kräfte bemerkt, denen er allein nicht gewachsen war. Ich frage mich, ob es etwas geändert hätte, hätte ich meinen Retter begleitet. Hätten wir gemeinsam dieser roten Teufelin und dem Meister der Hölle Einhalt gebieten können?

Zugleich frage ich mich, wieso du nun hier bist, nachdem mein Retter aufgrund deiner Präsenz vergangen ist. Vielleicht trifft dich keine Schuld, doch hätte es dich nicht gegeben, so würde er noch existieren. Ich weiß, dass meine Gedanken keinen Sinn ergeben, und trotzdem spüre ich den Zorn in mir aufsteigen. Es ist das gleiche Gefühl, das ich auch gegenüber den Goldenen verspüre. Und das Bedürfnis, meine eigene Gerechtigkeit zu erschaffen, steigt in mir auf. Was tust du hier, in dem Land, in dem ich mich verberge? Weder solltest du von mir wissen, noch sollte meine Existenz irgendeine Relevanz für dich haben. Also, warum bist du hier? Ist es Provokation oder Hohn? Dazu müsstest du mich kennen. Doch du solltest nicht einmal wissen, dass es Wesen wie mich gibt. Also, warum das alles? Und was soll ich nun tun, da du hier bist? Ich sollte mich verbergen, denn wenn ich mich dir zeige, werden auch jene Mächte auf mich aufmerksam, die mich vernichten wollen. Aber ich will dich nicht davonkommen lassen. Du bist der Grund, weshalb mein Retter heute nicht mehr unter uns weilt. Er und ich waren Ausgestoßene, und heute bin ich allein. Du mit deinem Grinsen und deinen vielen Freunden und Begleitern kannst das nicht verstehen. Du wandelst durch die Welt, als würde sie dir gehören. Als könntest du dir alles aneignen, was du willst. Als hättest du die Herrlichkeit, nach der die Goldenen streben, bereits erreicht.

Ich denke, ich werde meinem Gefühl nachgehen und dich dafür büßen lassen, was du meinem Retter angetan hast. Mir ist gleich, ob du über die Macht der Finsternis und über das Chaos gebietest. Ich bin dir überlegen und habe keine Ambitionen, dich auf meine Seite zu ziehen oder mich mit dir zu verbünden. Ich will nichts von dir, außer deinen Tod. Ich beginne meine Rache bei dir und werde bei jenen enden, die einst meine Familie ausgelöscht haben. Ich werde eure Gier von der Welt tilgen. Der Krieg zwischen Licht und Schatten ist mir gleich. Eure Werte sind mir egal. Ich mache mir nichts aus Ordnung oder Chaos. Das Einzige, was zählt, ist meine eigene Gerechtigkeit. Und diese verlangt nach Rache. Ihr habt mir das genommen, was mir alles bedeutete, und dies nur aufgrund eurer Gier. Ihr Goldenen und du rote Teufelin... Ich werde euch für das bezahlen lassen, was ihr mir angetan habt. Beginnen werde ich mit dir, die du in das Land gekommen bist, in dem ich mich seit Ewigkeiten verberge. Du wirst die gleiche Erfahrung machen wie meine Familie und mein Retter. Auf Grundlage einer Gerechtigkeit, die du weder erwarten noch verstehen wirst, wird deine Existenz von dieser Welt getilgt werden.

Du wirst der Anfang meines Feldzugs der Gerechtigkeit sein. Die Goldenen werden ihn Feldzug der Rache nennen, was nur natürlich ist. Jeder hat seinen eigenen Bewertungsmaßstab, und was aus meiner Perspektive eine gerechte Rache ist, muss aus dem Blickwinkel der Gierigen wie ein fiebriger Wahn wirken. Ich kann dies nicht einmal abstreiten. Meine Gedanken kreisen, und ich bin kaum dazu in der Lage, einen klaren Gedanken zu fassen. Dass meinen aus Hass hervorgerufenen Taten neuer Hass folgen wird, ist mir bewusst. Doch es ist mir gleich. Jedes Individuum auf dieser Welt hat seine eigenen Ziele, seine eigenen Vorstellungen, seine eigenen Bewertungsmaßstäbe. Ich sage nicht, dass die Gier meiner Feinde falsch sei. Sie dürfen diese Gier besitzen und nach den Dingen streben. Ich sage nur, dass sie unreflektiert ist und damit einer gewissen Naivität nicht entbehren kann. Aber auch diese Naivität ist nichts, was ich verurteilen will. Ich wähle diese negativen Begriffe lediglich, weil sie meine Perspektive ausdrücken, die jene Dinge als absurd empfindet.

Wir befinden uns in einem stetigen Wettstreit. Wir alle versuchen, uns selbst als gerecht und erfolgreich zu empfinden. Wir versuchen, anderen eine Geschichte davon zu erzählen, welchen Erfolg wir im Leben erzielt haben.

Und auch wenn ich gern frei davon wäre und jene Konstrukte ablehne, die von Göttern und Dämonen geschaffen wurde, bin ich gefangen darin, ein Individuum zu sein. Ich kann mich nicht von meiner Begrenztheit lösen, und deshalb erlaube ich mir, meinen Gefühlen nachzugeben. Natürlich werde ich dafür Verurteilung finden. Sollte mir jemand zuhören, hätte er vielleicht sogar Verständnis für mich. Aber all dies hat keinerlei Bedeutung. Am Ende sind wir allein mit unseren Entscheidungen und müssen unseren Weg einsam beschreiten. Die Einsamkeit wird mir umso deutlicher, da nun auch der letzte meiner Weggefährten auf grausame Art sein Ende gefunden hat. Doch der Unterschied zwischen früher und jetzt ist so unwesentlich, dass es mir umso schmerzhafter bewusst wird. Wir sind allein. Unsere Gefühle und unsere Gedanken können vielleicht Einfluss auf andere nehmen, doch dieser ist so marginal, dass ich ihn kaum auszumachen imstande bin. Größeren Einfluss haben unsere Taten, und die ultimative Tat ist der Mord. Dieser wurde an all jenen verübt, die mir lieb und teuer waren. Nun ist es an mir, diese Taten zurückzuzahlen, sodass mein einsamer Geist Genugtuung finden kann.

IV

Es war mir nicht möglich, dich zu töten, du rote Teufelin. Ich denke nicht, dass ich dich unterschätzt habe. Wahrscheinlich bin ich einer der wenigen, die dich nicht überschätzen. Ich habe deine Fähigkeiten gesehen, und du bist mir gegenüber machtlos. Und doch ist es mir nicht gelungen, meine Rachegelüste zu befriedigen. Die Genugtuung, die ich mir erhofft hatte, wurde mir verwehrt. Du bist auf deine übliche glückliche Art deinem sicher scheinenden Schicksal entronnen. Aber nicht nur das. Nun, da du deine begrenzte innere Welt endlich verlassen konntest, fiel dir nichts Besseres ein, als das Gesuch der Goldenen anzunehmen und dich mit ihnen zu verbünden. Praktisch wird dies zwar keinen Unterschied machen, aber die Tatsache, dass du meinen Retter ablehntest und nun gemeinsame Sache mit jenen machst, die ich als größte Verräter ansehe, trifft mich doch auf ungeahnte Weise.

Was habt ihr gemeinsam beschlossen? Was ist euer Plan? Ist es bloßer Zufall, dass du nun, nachdem du mir begegnet bist, auch jenen Kreaturen wohlgesinnt bist, denen gegenüber ich den größten Hass empfinde? Ist es die simple Logik über den Feind des Feindes? Erfüllst du tatsächlich dieses Klischee, das den einfachsten Prinzipien folgt? Ich dachte, dass du, rote Teufelin, wenigstens deine rebellische Art nicht verraten und weiterhin deinem Egoismus unabhängig von den Strukturen der Götter folgen würdest. Doch nun schlägst du dich auf die Seite derjenigen, die meinen Hass mehr als alles andere verdient haben. Die göttliche Allianz wird durch meinen Zorn zerschlagen werden. Das habe ich endlich beschlossen. Die Zeit des Versteckspiels ist an ihr Ende gekommen. Es scheint, als hätte etwas in meinem Inneren schon ewig auf diesen Moment gewartet. Ich habe beschlossen, den hinterhältigen Mord der Goldenen mit einem Vernichtungskrieg zu beantworten. Mit erhobenem Haupt werde ich hinaustreten und jene vom Antlitz dieser Erde tilgen, die für meine Einsamkeit verantwortlich sind.

Mir ist sehr wohl bewusst, dass meinem Vorhaben Sinn und Logik fehlen. Außerdem weiß ich, dass meine begrenzten Kräfte nicht ausreichen werden, um mein Vorhaben umzusetzen. Doch dies ist mir gleichgültig. Ich wüsste nicht, wofür ich mein Leben ansonsten nutzen sollte. Jeder, der mir einst etwas bedeutet hat, existiert nicht mehr. Alle Beziehungen, die ich in meiner Begrenztheit aufzubauen in der Lage war, haben sich aufgelöst. All dies geschah im Namen der als Idealismus getarnten Gier. Doch mich giert es heute nach nichts mehr. Ich verfüge nicht über den Willen, zu besitzen, zu lieben oder etwas anderes zu erreichen. Nichts von dem sagt mir zu – mit einer Ausnahme. Ich will die Genugtuung. Ich will in die heiligen Tempel stürmen, die auf den Gebeinen meiner ermordeten Familie erbauten wurden, und sie mit dem Blut der Goldenen beschmieren.

Während ich diese Gedanken fasse, scheint mein Verstand seltsam klar. Die Ängste, die mich seit jeher beschlichen haben, scheinen vergangen. Es ist eigenartig, dass es mich beruhigt, mich für ein irrationales Handeln entschieden zu haben. Soweit man überhaupt von rationalem und irrationalem Handeln sprechen kann. Denn diese Klassifizierung erweckt immer den Anschein von etwas Absolutem, das es für unsere Entscheidungen nicht gibt. Richtig und falsch bedürfen immer einer Interpretation. Wir vermitteln uns selbst das Gefühl, wir könnten unser Handeln damit rechtfertigen, dass wir den sinnvollsten Weg gegangen sind. Wenn wir scheitern, haben wir wenigstens die bestmögliche Option gewählt. Doch dies ist nur eine Illusion. Wir bilden uns ein, es gäbe den einen Weg. Wir können andere vielleicht davon überzeugen, können sie der für uns unabdingbar scheinenden Logik folgen lassen. Doch letztlich liegt es an ihnen, ob sie unserer Logik folgen wollen oder nicht. Wie oft bin ich schon in einen Streit geraten, da Dinge für mich klar, eindeutig und unabdingbar erschienen, während andere diese einfach nicht akzeptieren wollten. Ich bin verzweifelt an diesen Gesprächen, und es war für mich nicht auszuhalten, dass sie sich jener Logik entzogen, die für mich so ersichtlich schien. Mein Verstand stemmte sich gegen ihre scheinbare Ignoranz, während ich einfach nicht erkennen konnte, dass ihre Ignoranz vielleicht mit meiner gleichbedeutend war. Ich war gleichermaßen verbohrt und unnachgiebig auf meiner eigenen Logik beharrend. Wir alle bilden uns ein, dass unsere Argumente einen Absolutheitsanspruch erheben könnten. Doch letztlich sind die Zustimmungen, die wir erhalten, immer abhängig von dem Gegenüber, mit dem wir streiten. Manch einer mag uns entgegenkommen, den gleichen Gedanken folgen wie wir. Andere werden uns ablehnen und unsere Rationalität so sehr in Zweifel ziehen, dass wir drohen, dem Wahnsinn zu verfallen, wenn wir uns auf eine geistige Auseinandersetzung einzulassen bereit sind.

Ich bin mir noch immer unsicher, was diese Auseinandersetzungen bedeutet haben. Haben sie mich vorangebracht oder waren sie lediglich Zeitverschwendung? Ich fühle mich, als sei der Nutzen, den ich daraus generieren konnte, so gering und die Aufregung so immens, dass es mir sinnlos vorkommt, sich mit Leuten zu unterhalten, die sich gegen die eigene Perspektive sperren. Sicherlich ist jedem bewusst, dass diese Diskussionen die eigene Sicht auf die Welt erweitern können. Aber tun sie dies wirklich? Ich denke, wenn Menschen in ihren Denkmustern gegen eine andere Logik blockieren, gibt es keinen Gewinn und lediglich Dissens. Und aus welchem Grund sollte dieser Dissens irgendeinen Nutzen haben?

Werden neue Perspektiven eingebracht, so werden diese für gewöhnlich nur angenommen, wenn man im Allgemeinen die gleiche Logik verwendet. Einen Umstand neu zu beleuchten, ist ein Akt, der nur gelingen kann, wenn man die gleiche Sprache nutzt. Ansonsten ist dieser Weg blockiert.

Aus welchem Grund erörtere ich nun dieses irrelevante Thema? Für mich wird es keinen Konsens mehr geben. Ich habe mich entschieden und werde zur Tat schreiten. Mir ist bewusst, dass dies höchstwahrscheinlich mein Ende bedeuten wird, aber welchen Zweck hätte es, weiterhin zu existieren? Aus welchem Grund sollte ich allein in meinem Versteck ausharren, bis es mich irgendwann von selbst dahinraffen wird oder ich gefunden werde? Ich denke, diesen Schlussstrich zu ziehen, ist die angenehmste Wahl, die ich zu treffen imstande bin. Vielleicht ist dies auch der Grund, weshalb ich nun dieses beruhigende Gefühl verspüre.

V

Wie wenig haben Vorhaben doch meist mit ihren Plänen gemein. Mein Verstand malt sich die Ereignisse stets im Voraus aus. Die kleinsten Details manifestieren sich bereits in meinen Gedanken. An manchen Stellen fühle ich mich erhaben, an anderen spüre ich Angst und es gibt kein Vorankommen. Mein Körper reagiert auf diese Gedankenspiele und wechselt zwischen Lachen und dem beklemmenden Gefühl in der Magengegend, das mich kaum noch atmen lässt. Selbst jetzt, da mein Herz von Hass zerfressen ist, bin ich von diesen Extremen nicht befreit. Ich würde sogar behaupten, ich bewege mich in immer ekstatischeren Zuständen. Meine Gefühle sind stärker als jemals zuvor. Vor kurzem noch dachte ich, dass ich ruhig wäre. Doch auch diese Ruhe war nur ein Ausdruck der Ekstase. Eine berauschende Ruhe, die mich hat vermuten lassen, dass ich die Dinge klar erkennen würde. Aber stattdessen habe ich lediglich einen Zustand herbeigeführt, der mir diese Illusion verschafft hat. Jene Bewertung war eine intrinsische. All meine Fantasien waren nichts weiter als dies: Gespinste in meinem Verstand. Wenn ich meine Vorstellungen mit dem vergleiche, was in der Realität passiert, so unterscheiden sich diese so stark voneinander, dass meine Gedanken immer unkenntlicher erscheinen. Mein Sieg oder mein Untergang waren nur Extreme. Ich habe mir den heroischen Tod gegen die Übermacht herbeigesehnt. Ich dachte, ich wäre bereit, unter möglichst großen Opfern als Märtyrer zu vergehen. Als Märtyrer für meine eigene Sache, die niemand außer mir verstehen sollte.

Aber was ist die Realität? Ich war ein Feigling. Ich war nicht bereit, zu vergehen. Ich habe mit Vorsicht agiert und mich zurückgezogen, als die Gefahr zu groß erschien. Ich habe weder dieses rothaarige Mädchen noch die Goldenen auslöschen können. Nun bin ich meinem Ziel ferner als je zuvor. Endlich hatte ich mich aus meinem Versteck herausgewagt, aber ich habe nichts erreicht. Noch immer steht der Tempel der Goldenen, im Reichtum thronend, die Ermordeten, die mir so lieb und teuer waren, verhöhnend. Doch wenigstens habe ich es geschafft, mich zu offenbaren. Dies zwingt mich, zu agieren. Nun, da sie Gewissheit haben, dass ich existiere, ist diese Existenz ihnen ein Dorn im Auge. Ich bin der Beweis dafür, dass die Gerechtigkeit der Goldenen auf Neid, Missgunst und Gier beruht. Ich bin derjenige, der an ihrer Stelle stehen sollte, aber sich von den Idealen und der Struktur abgewandt hat, denen sie ihr Leben gewidmet haben.

Mein Hass auf die Götter ist stärker als das Gefühl der Sinnlosigkeit, das ich gegenüber den Dämonen verspüre. Daher erscheint es mir nur natürlich, dass ich mich nun, da ich unweigerlich in den Krieg verwickelt bin, dem Feind meines Feindes anschließe. Jener simplen Logik folgend, die ich zuvor so sehr verachtet habe. Aber natürlich werde ich ihre Ziele nicht akzeptieren. Ich benötige lediglich ihre Macht. Der schwarze Stern der Dämonen, der hoch oben am Firmament in finsterem Glanz erstrahlt, ist es, dem selbst die Diener der eigenen Sache Furcht entgegenbringen. Jene Macht, die die Dämonen fürchten, ist es, die ich mein

Eigen nennen will. Wenn ich den Stern aus der Nacht herauslösen, seine Verbannung aufheben und ihn befreien kann, wird es mir möglich sein, meine Rache zu vollziehen.

Doch nicht nur das. Diese Macht zu entfesseln, muss wohl durchdacht sein. Die Natur des Sterns ist chaotisch und strebt stärker zurück zum Ursprung als alles andere, was mir bislang begegnet ist. Seine Verbannung stammt aus der Furcht der Dämonen vor einem der ihren. Sie waren nicht bereit, seinen Willen zu akzeptieren, und seine erdrückende Macht zwang sie dazu, diese ultimative Waffe zu verbannen.

Natürlich bleibt mein Wirken nicht unbemerkt. Neben der Vorsicht, die ich gegenüber dem schwarzen Stern walten lassen muss, ist es nötig, mich derer zu erwehren, die mich davon abhalten wollen, diese Macht zu entfesseln und mich ihr zu bemächtigen. Es ist seltsam: Während dieses Gefechts kann ich den Hass in den Augen der Goldenen erkennen, doch die rote Teufelin und ihre Freunde blicken voller Trauer zu mir hinüber.

Woher kommt dieser traurige Blick? Es fühlt sich an wie Hohn. Ich bin hier aufgrund meiner Entscheidungen und der Gräueltaten, die ihr begangen habt. Was ermächtigt euch nun dazu, mich so zu verhöhnen und mir selbst dann, wenn wir uns als Feinde gegenüberstehen und uns nach dem Leben trachten, mit Trauer in den Augen zu begegnen? Wieso tut ihr dies? Ihr seid kaum dazu in der Lage, mich auszuhalten. Meine Kraft übersteigt die eure so sehr, dass ihr nur mit vereinten Kräften dem Tod entrinnt. Und trotzdem nehmt ihr es euch heraus, mich auf diese Art und

Weise zu verhöhnen? Dies treibt auch mir Tränen in die Augen. Tränen der Wut und Hilflosigkeit.

Ich will es abstellen, dieses Gefühl der Machtlosigkeit gegenüber euren Emotionen. Ich empfinde es als ungerechtfertigt, dass ihr darüber bestimmt, wie ihr mein Leben beurteilt. Wenn jemand Trauer über meine Existenz empfindet, dann soll ich es sein. Nicht ihr dürft euch dieses Gefühls bemächtigen. Es ist absurd. Gebt es mir zurück. Wie kann es sein, dass ihr diese Gefühle habt? Alles, was ich besitze, ist dieses schwarze Nichts. Ich werde das nicht akzeptieren. Die Pforte zum schwarzen Stern steht endlich geöffnet. Ich werde in ihm aufgehen und mich seiner Macht bedienen. Ich werde diese Welt vernichten. Endlich tauche ich hinein, in das schwarze Meer des Chaos. Dieses Gefühl ist unbeschreiblich. Wir vereinigen uns, nehmen uns an und werden eins. Ich werde die Goldenen und alles, was sie lieben, vernichten. Ich werde diese Welt dem Meer des Chaos zuführen. Ich werde alles in seinen ursprünglichen Zustand versetzen.

Doch ich bin gefangen, im Käfig des Firmaments.

VI

Das Ziel ist nun endlich klar. In unserem Gefängnis habe ich begriffen, wohin wir unsere Welt führen werden. Schwarzer Stern, du, der du ein Teil von mir geworden bist. Du hast bereits zuvor Mächte in deiner Überzeugung verschlungen. Schon längst bist du kein Dämon mehr. Götter haben sich auf deine Seite geschlagen und mit dir vereint. Ihr alle verfolgt dasselbe Ziel. Genau wie ich wollt ihr ausbrechen aus diesem Kreislauf von Krieg und Gewalt. Einst war der Kampf vielleicht nobel. Damals, zu Beginn, als er noch als Wettstreit galt, der dazu diente, sich immer weiter zu vervollkommnen. Doch heute ist dieses ursprüngliche Ziel in Vergessenheit geraten. Damals, als sich die Welt aus dem Chaos heraus formte, musste sie sich selbst erst einmal verstehen. Die Lebewesen mussten sich ins Verhältnis setzen, und der Wettstreit galt als Zeichen des gegenseitigen Respekts. Doch heute ist diese Ehrerbietung in Vergessenheit geraten. Lügen, Intrigen, Gier, Macht, Erfolg, Reichtum – all dies getarnt als Gerechtigkeit beherrscht die Welt. Die Lebewesen sind unfähig, sich aus diesem Schmutz zu erheben und zu befreien. Zu stark wiegen die Ideen, die ihnen von Geburt an indoktriniert wurden. Ich habe nun jene Kraft der Gemeinschaft aus ihrem Gefängnis befreit, um die Welt wieder in ihren ursprünglichen Zustand zurückzuführen. Ich werde die Geschichte auslöschen und das Buch zur ersten Seite zurückblättern. Von dort aus wird sich die Geschichte auf vollkommen weißen Blättern erneut schreiben und zu einer edleren Welt heranwachsen.

Unbewusst bin ich zum Tempel meiner Vorfahren gelangt. Jener Ort, an dem meine Familie begraben liegt. Auf einmal bin ich dazu fähig, Bilder aus der Vergangenheit zu sehen, die mein Verstand lange Zeit vor mir verborgen hielt. Ich sehe das weinende Kind, das ich einst war. Einsam und verlassen kauerte ich auf dem Boden. Unfähig, den Verlust zu verarbeiten, den ich erfahren hatte. Bis heute hielt mein Verstand diese Erinnerung vor mir verborgen. Zu schmerzhaft sind die Erfahrungen dieser Tage. Zu hilflos fühlte ich mich in diesem Moment. Zu groß war meine Angst. Die Gewissheit, keine Kontrolle über die Situation erlangen zu können. Die unerträgliche Einsamkeit. Das Urteil der Goldenen, welches meinen Tod bestimmte. An diesem Ort kann ich all dies wiederfinden. Aber nicht nur meine Erinnerungen haben auf mich gewartet.

Die Goldenen sind bereits bei dem Versuch gefallen, meinen Ausbruch aus dem Gefängnis des Firmaments zu verhindern. Zu gewaltig war meine Macht, als dass ihre Leben dies hätten verkraften können. Aber erstaunlicherweise gibt es noch immer Wesen, die sich unserer vereinigten Präsenz in den Weg stellen wollen. Ich finde, sie haben einen Dialog verdient. Ihre Tapferkeit, ihr Edelmut und ihr Durchhaltevermögen sollen diese Belohnung erhalten.

Beinahe fühlt es sich wie ein Scherz an, dass du vor mich trittst. Du letztes Kind der Goldenen. Du hast die deinen verbannt und bittest mich um Verzeihung. Doch deine Reue kann nicht groß genug sein, um gut machen zu können, was deine Vorfahren verursacht haben. Und meine Vergebung ist nicht ausreichend, um das zu erfassen, was damals geschah. Du fragst mich, ob du das Recht verdient hast, mit mir zu sprechen. Ich bin wirklich gerührt von deinem Einfühlungsvermögen. Deine blauen Augen sehen mich voller Aufrichtigkeit an. Gerne würdest du büßen und alle Schuld auf dich nehmen, um die Welt vor ihrem unausweichlichen Schicksal zu verschonen. Doch ich bin nicht derjenige, der darüber befinden wird. Du tust mir sogar leid. Denn obwohl du eine der Goldenen bist, trifft dich doch keine Schuld. Deine kindliche Naivität berührt selbst jetzt, da ich ein Wesen transzendenter Macht geworden bin, mein Herz. Mir war mir nicht einmal bewusst, dass ich dies zu spüren noch in der Lage bin.

Ich beschließe, euch, die mir so tapfer Widerstand leisten, an meine Seite vorzulassen. Ihr sollt meine Überzeugungen hören, bevor ich euch endgültig erlösen werde. Nun sehe ich erneut in eure traurigen Augen. Ich kann jetzt, da ich an diesen Ort zurückgekehrt bin, erkennen, was ihr in mir seht. Aber ich bin nicht mehr dieses Kind. Eure Trauer richtet sich auf ein Wesen, von dem ich mich bereits vor langer Zeit weit entfernt habe. Trotzdem erkenne ich an, dass ihr gute Wesen seid. Wäre diese Welt nicht so vollkommen schlecht, hätten wir vielleicht Freunde werden können.

Es tut mir leid, dass ich dich Teufelin genannt habe, du Mädchen mit den roten Haaren. Es ist nichts Verwerfliches an deiner Gier, denn sie bezieht sich auf das Leben. Da du nur ein Mensch bist, ist deine Lebensspanne begrenzt. Es verwundert also nicht, dass du ihm so einen großen Wert beimisst. Alles andere wäre auch unlogisch. Wie könnte man das Leben, das man besitzt, nicht als das Wertvollste begreifen, was man jemals erlangen kann? Es ist der Grundstein für alles, für jede Freude und jeden Schmerz. Was könnte es Wertvolleres geben?

Es tut mir beinahe leid, dass ich euch dieses Leben nun rauben muss. Doch es ist nicht für eine lange Zeit. Indem ich es tilge, werde ich lediglich die Unreinheiten beseitigen und es im Anschluss erneut freilassen. Ihr werdet es zwar nicht können, aber ihr würdet mir danken, wenn ihr verstündet, welche Implikationen meine neue Welt mit sich bringt.

Ich blicke in eure angestrengten Gesichter, die immer noch nicht zur Aufgabe bereit sind. Ich breite meine schwarzen Schwingen aus, sodass sie ein letztes Mal schlagen. Mit dieser finalen, alles verschlingenden Kraft werde ich gegen die Schöpfung rebellieren und als kreatives Genie das größte aller Kunstwerke schaffen. Das weiße Buch unserer Geschichte wird auferstehen und von einer Schönheit erzählen, die wir uns heute in diesem blutigen Krieg nicht einmal vorzustellen in der Lage sind.

Doch meine schwarzen Schwingen erreichen nicht ihr Ziel. Die ultimative Kraft, die ich mithilfe der Götter und Dämonen entfesselt habe, kommt zum Erliegen. Habt ihr, rote Teufelin und deine Gefährten, es tatsächlich geschafft, dieser ultimativen Macht Einhalt zu gebieten? Ich sehe, wie das Chaos entsteht. Es scheint, als könntest du, Mädchen mit dem roten Haar, tatsächlich die Kräfte des Herrn der Alpträume, der Mutter des Chaos, des ersten Schöpfers und absoluten Wesens herbeirufen. Aber nicht nur das. Denn allein diese Kräfte hätten nicht ausgereicht, unsere Rebellion zu beenden. Obwohl du vor meiner Macht erschaudertest und ich die Verzweiflung in deinem Herzen sah, hast du nicht aufgegeben und mir offenbart, dass ihr Menschen tatsächlich zu einer Entwicklung in der Lage seid, die ich nicht erwartet hätte.

So ist es nicht die Geschichte, die gereinigt wird. Ich bin es, der von dieser Welt getilgt wird. Ich fühle, wie die Wärme des Ursprungs von mir Besitz ergreift. Es scheint, als hättet ihr mich alle immer nur retten wollen. Wart ihr, meine erklärten Feinde, etwa in Wahrheit die ganze Zeit auf meiner Seite?

Ich danke euch, dass ihr meine finsteren Pläne zu vereiteln imstande wart. Denn ich war wohl nicht der Retter, sondern das Monster, das versuchte, diese Welt zu verschlingen.

Ich bin froh, dass es anders gekommen ist, denn ich liebe diese Welt.

Prinzessin in der

Dunkelheit

Du hast mein Herz berührt, hast meine Seele ergriffen, mich verzaubert. Es ist ein solches Klischee, dass ich es nur aus den Erzählungen anderer kenne und mein Verstand reflexartig anzweifeln muss, was mit mir geschieht. Was hast du mit mir gemacht, du schöne Unbekannte, dass ich diese Zeilen der Verzückung schreibe? Ich bin voller Vorfreude auf die Zeit, die nun vor uns liegt. Auch wenn du mich warnst und mir prophezeist, dass ich bald dein wahres Ich zu erkennen vermag. So bin ich zugleich voller Angst und mein Körper zittert vor Aufregung, während ich an dich denke. Als du vor mir gesessen hast, konnte ich diese körperlichen Zustände keinen Moment unterdrücken. Dieses Zittern, diese Spannung, diese Furcht... Es ist, als würde ich in deiner Gegenwart vergessen, dass ich nicht gut genug für dich sein kann. Es fühlt sich so an, als gäbe es Hoffnung für eine verlorene Seele wie mich. Zugleich erscheint dies für mich surreal, da ich das Konzept der Hoffnung doch vor langer Zeit begraben habe. Doch woher kommt dieses unbegreifliche Gefühl der Zuversicht, wenn meine Gedanken zu dir schweifen?

Du sagtest mir, wir seien Wesen der Hölle und nur diejenigen, die im Himmel ihre Flügel entfalten, könnten uns heilen. Aber aus welchem Grund strahlst du für mich dann heller als die Sonne? Jedes deiner Worte der Warnung erinnert mich an mich selbst. Auch ich denke, dass du mich nicht erwählen solltest, da es unzählige bessere Optionen gibt. Ich erzähle dir meine Geschichte, um dir bewusst zu machen, wer ich bin. Dass meine arme Seele verloren ist. Unfähig, die Welt derjenigen zu begreifen, die hoch oben im

Himmel mit ausgebreiteten Flügeln ihr Leben genießen. Doch ich muss dir etwas gestehen: Ganz gleich, wie sehr ich diejenigen beneide, die mit Leichtigkeit durch die Lüfte tanzen, will ich nicht sein wie sie. Mein Wunsch ist nicht, meine eigenen Flügel zu finden und ein einfaches Leben zu führen, in dem ich zwischen den weichen Wolken schlafe und im ewigen Blau des Himmels bade. Denn ich denke, sie sind blind für das, was wir hier unten in der Dunkelheit zu begreifen imstande sind.

Ich habe mit ihnen gesprochen, und ich liebe sie. Auch jeder von ihnen führt ein wertvolles Leben voller Hoffnung und Entbehrungen. Auch ihre Geschichten ergreifen mein Herz, und auch sie sind dazu in der Lage, mir zuzuhören und mir Mitleid entgegenzubringen. Sie können die Trauer spüren, die sich tief in mein Herz eingebrannt hat. Aber diese ist wohl kaum zu übersehen. Und um ehrlich zu sein, hasse ich es, wenn sie voller Mitleid auf mich hinabblicken. Denn sie verkennen und leugnen dabei, wer ich bin.

Sie können meine Welt nicht verstehen. Sie können nicht sehen, was tief unten in der Dunkelheit verborgen liegt. Nicht, dass ich es könnte. Denn auch meine Augen sind stetig und voller Bewunderung in den Himmel gerichtet und werden sich wohl nie vollständig an die Dunkelheit gewöhnen. Doch immerhin stolpere ich von Zeit zu Zeit über etwas, das so viel mehr Substanz innehat als alles, was ich jemals in den endlosen Weiten, die sich über uns erstrecken, hätte erblicken können. So sind die Wolken, die von hier unten wie ein ewig weicher Traum der Glückseligkeit wirken, in Wahrheit flüchtig und leer wie der kalte Nebel in unseren Tiefen. Doch in jedem Stein, über den wir stolpern, steckt die Geschichte unserer Welt.

Du denkst, wir bräuchten jene Gestalten im Himmel, die uns Heilung bringen. Aber ich möchte nicht in den Himmel gehen. Ich suche einen Gefährten, der mit mir die traurig qualvolle Schönheit der Dunkelheit auszuhalten bereit ist. Der bereit ist, den Wert der Dinge zu erkennen, die uns offenbart wurden. Ich will kein Mitleid, denn es bedeutet keine Heilung für mich. Ich suche jemanden, der mich versteht und anerkennt.

Nun habe ich erkannt, wie stark du bist und dass es noch dauern wird, bis ich gleichwertig an deine Seite treten kann. Aber du solltest mich nicht unterschätzen, so wie ich es tue. In meinen Träumen wird mein Glanz eines Tages wiedergeboren werden. Ich werde zu dem tapferen Ritter aufsteigen, dessen Schwert alle Monster bezwingen kann, die hier in der Dunkelheit auf uns lauern. Und ich werde bereit sein, meine Existenz zu geben, um das zu bewahren, was mir am wichtigsten sein wird. Denn die größte Tugend des glänzenden Ritters in der Dunkelheit ist seine Loyalität für diejenigen, die dazu in der Lage und bereit waren, ihn anzuerkennen.

Ende